Anna J. Eichenlaub

Ort der verlorenen Seelen

AF220751

Anna J. Eichenlaub

Ort der verlorenen Seelen

Fantasy Roman

Erste Auflage im August 2018
Copyright © 2018
Anna J. Eichenlaub
c/o AutorenServices.de
König-Konrad-Str. 22
36039 Fulda
Anna.J.Eichenlaub@gmail.com

Umschlaggestaltung: www.tomjay.de
Titelbilder: (c) DigiZCP / Shutterstock.com
(c) igorstevanovic / Shutterstock.com
(c) Zacarias Pereira da Mata / Shutterstock.com

Korrektorat: Angela Bugno

Herstellung und Verlag:
BoD - Books on Demand, Nordestedt

ISBN 9 783752 823301

Danke das es dich gibt!
Für S.D. in Liebe.

Kapitel 1

Der Morgen war noch jung, als Stephan mit schnellen Schritten, drei Stufen auf einmal nehmend in den fünften Stock des Altbaus hinauf rannte. Obwohl man aufgrund seiner sportlichen Figur denken konnte, er gehörte zu der Fraktion athletischer, junger Männer, war dies kaum der Fall. Diese Strecke lief er fast täglich, besser gesagt, im Normalfall schlenderte er. Heute ging ihm die Puste aus, als er bei seinem Freund vor der Tür stand und ungeduldig dagegen hämmerte.

»Vincent, mach auf.« Erneut ließ Stephan die Faust gegen die massive Holztür krachen.

»Ich komme ja schon. Was zum Geier ist denn los?« Ein schmächtiger, junger Mann, nur mit einer Unterhose bekleidet, öffnete die Tür. Dabei trocknete er nebenbei mit einem grünen Handtuch seine Haare.

»Komm rein.« Den Satz hätte er sich sparen können. Vincents bester Freund passierte bereits die Tür und war auf dem Weg in das kleine, unaufgeräumte Wohnzimmer. »Was ist mit dir los? Du bist heute zehn Minuten früher da als sonst und benimmst dich auch noch wie ein Irrer.« Er sah kurz zu der Wanduhr hoch, um sich zu vergewissern, dass er die Uhrzeit vorhin richtig abgelesen hatte.

Es war nicht üblich, dass Stephan so überpünktlich irgendwo erschien. Vincent wirkte verwundert sowie neugierig zugleich, was seinen Freund zu dem frühen Erscheinen bewegt hatte. Er schloss die Haustür und folgte ihm durch die kleine Diele. Sich immer noch die Haare rubbelnd, sah er Stephan fragend an.

»Sei ruhig und hör zu. Ich habe es geschafft! Heute Nacht konnte ich meinen Körper verlassen. Genauso wie es in dem Buch über *Out of Body Experience* steht. Es funktioniert!«

»Wie jetzt?« Vincent hörte in dem Moment auf, seine Haare zu trocknen, und ließ sich in den ausgeleierten Sessel fallen.

»Ja also, es gab eine Vibration. Überall. An den Beinen zuerst, Hände und Kopf als Nächstes. Danach hörte ich diese Klingelgeräusche. Ganz leise. Dann zack, stand ich plötzlich neben meinem Bett. Es war der Wahnsinn, ich habe es endlich geschafft!«

»Ist jetzt ein Scherz, oder?«, Vincent beäugte ihn skeptisch.

»Nein, absolut nicht. Es war wirklich so, ehrlich. Es war echt der Hammer. Endlich, ich habe es geschafft. Und das war so unglaublich.« Während die Worte aus Stephan heraus sprudelten, lief er in Vincents Wohnzimmer auf und ab. Er gestikulierte wie wild und gab sich Mühe, nicht durcheinander zu erzählen, was ihm aufgrund der vielen neuen Erkenntnisse sehr schwer fiel. Vor lauter Aufregung entging es ihm, dass sein Freund das Wohnzimmer längst verlassen hatte. Während Vincent im Bad verschwand, um sich für die Uni fertigzumachen, waren die Zierfische die einzigen Zuhörer in dem Raum. Als Stephan dies bewusst wurde, nahm er erneut in dem Sessel Platz und rieb ungeduldig mit den Handflächen über seine Jeans.

Fassungslos, dass er alleine sitzen gelassen wurde, lehnte er sich zurück und starrte vor sich hin. Er wusste, dass es eine Ewigkeit dauern konnte, bis Vincent sich im Bad für die Uni fertig gemacht hatte. Nach einer Viertelstunde wurde er ungeduldig; er ließ alle Gelenke seiner Finger nacheinander knacken. Das war pure Absicht, denn er wusste, dass sein Freund es hasste. Zu früheren Zeiten, als Teenager, hatten sie sich deswegen öfters geprügelt. In der Hoffnung, Vincent würde es mitbekommen, fing er sogleich von Neuem an, die Finger nacheinander durchzubiegen.

»Ich höre dir zu«, vernahm er aus dem Bad. Im nächsten Augenblick erschien sein Freund in der Wohnzimmertür, schick angezogen und mit gestylten Haaren. »Und das Knacken ist mir auch nicht entgangen!«, sagte er. Rasch zog er die schwarzen Halbschuhe an und klemmte sich eine braune Ledertasche unter den Arm. Er war wie immer elegant gekleidet. Selbst in der Uni trug er im Gegensatz zu Stephan und den anderen Mitstudenten keine Jeans oder ausgewaschene T-Shirts.

Die dunklen, dichten Haare trug er streng, mit Gel nach hinten gekämmt und war jeden Tag frisch rasiert. Vincent war ein absoluter Frauenschwarm. Er hatte ein makelloses Gesicht, braune Augen, lange Wimpern, dichte Augenbrauen und hohe Wangenknochen. Stephan war manchmal ein wenig neidisch auf seinen Freund. Sich selbst würde er eher zu der durchschnittlich gut aussehenden Bevölkerung dazu zählen.

Im gleichen Augenblick, in dem Stephan die Erzählung über die letzte Nacht erneut aufnehmen wollte, wurde er direkt von Vincent unterbrochen. »Steph, tu mir den Gefallen, halte bitte die Klappe. Zumindest so lange, bis wir im Auto sitzen, ich meinen ersten Kaffee trinken kann und mich halbwegs wach fühle, okay?«

Im selben Moment drehte er Stephan den Rücken zu und ging voraus in den Flur. Danach öffnete er die Wohnungstür und ging in das Treppenhaus hinaus. So tickte er morgens, sein Freund hatte es zigtausend Mal erlebt. Auf einen Fremden konnte dieses Verhalten arrogant wirken, aber so frühes Aufstehen mochte Vincent nicht. Stephans übliche Reaktion darauf war, die Augen zu verdrehen. Lustlos setzte er sich ebenfalls in Bewegung und folgte ihm durch den Korridor.

»Na schön. Tankstelle oder McDonalds?«, fragte Stephan, während sie die Wohnung verließen.

»Egal, Hauptsache Koffein.«

Vincent warf den Autoschlüssel in die Luft, als sie vor dem Haus standen. »Fahr du heute.« Sie stiegen in den alten, weißen Golf ein, der direkt vor der Haustür parkte. Er hatte das Auto geerbt. Dafür war er sehr dankbar und hoffte, die alte Gurke würde noch lange halten. Das Geld gab er viel lieber für schicke Klamotten aus, als für ein neues Fahrzeug. Manchmal musste man zwar etwas Geduld mitbringen, wenn der Golf an sehr kalten Wintertagen mehrere Startversuche benötigte, aber sonst fuhr er einwandfrei. Stephan beteiligte sich sporadisch an den Benzinkosten. Schließlich durfte er jeden Tag mit Vincent in die Uni fahren, sogar auch regelmäßig zurück nach Hause, wenn sie gemeinsam mit den Vorlesungen fertig waren. Man könnte durchaus sagen, sie teilten sich den Wagen, wie es bei einem Carsharing üblich war. Dieses Arrangement zwischen den beiden funktionierte einwandfrei.

Stephan setzte sich hinter das Steuer und schnallte sich an. Erst als er den Gurt auf der Beifahrerseite einrasten hörte, fuhr er los.

Nur wenige Kreuzungen weiter hielt er an der Tankstelle an und holte zwei Becher Kaffee. Es war die Stammtankstelle der beiden Studenten. Mindestens einmal in der Woche machten sie auf dem Weg zur Uni hier Halt.

Bis zu diesem Moment traute sich Stephan nicht, irgendein weiteres Wort zu sagen. Er wusste, wie schlecht gelaunt Vincent sein konnte, wenn er noch keinen Morgenkaffee getrunken hatte. Er wartete lieber ab. Die Geduld musste er aufbringen, obwohl es ihm sehr schwer fiel.

»Ein Kaffee, nur mit Milch, ohne Zucker«, er grinste seinen Freund an, als er ihm den Becher reichte.

»Danke, Steph.« Am Klang seiner Stimme war zu erkennen, dass sich die Laune gebessert hatte.

Die Friedrich-Alexander Universität Erlangen lag etwa dreißig Kilometer von Vincents Zuhause entfernt.

Im Normalfall benötigten sie eine halbe Stunde, um durch den Morgenverkehr durchzukommen. Die Menschen, die sich zu dieser Uhrzeit auf der Straße befanden, waren größtenteils auf dem Weg zur Arbeit, Schule oder Uni. Es erforderte eine gewisse Stadtkenntnis, um sich zügig durch den Großstadtverkehr zu mogeln. Nachdem sie hier aufgewachsen waren, kannten sie diese Stadt wie ihre eigene Westentasche.

Als sie sich wieder angeschnallt hatten und auf der Straße befanden, ergriff Vincent das Wort. Stephan konnte nicht mehr verheimlichen, wie dringend er von dem Ereignis letzte Nacht erzählen wollte. Er wartete schon so lange auf ein Zeichen seines Freundes, loslegen zu dürfen. Dessen Nervosität war nicht zu übersehen und Vincent kannte ihn gut genug, um dies zu erkennen.

»Na dann erzähl mal, Steph. Ich bin neugierig«. Er sah grinsend seinen Freund an, der mit der linken Hand das Lenkrad und mit der anderen den Becher mit dem noch heißen Kaffee umklammerte.

»Es gibt tatsächlich dieses OBE. Heute Nacht ist es passiert. Ich habe genau das erlebt, was in dem Buch *Out of Body Experience* steht und es funktioniert wirklich! Ich war zwar nicht lange in dieser Phase, aber immerhin. Ich konnte aus meinem Körper austreten, sah mich anschließend von oben im Bett liegen. Ich fühlte mich unglaublich leicht.« Stephan redete hastig, ohne zwischendurch Luft zu holen. Sein Gesicht nahm eine rötliche Farbe an und er fing an, wie ein

Fisch nach Luft zu schnappen. Als er sah, dass Vincent ihn nur ungläubig anguckte, setzte er mit seinen Schilderungen fort. »Ich muss sagen, zuerst hatte ich Angst. Ich wusste nicht, was los ist und was da geschieht. Als ich dann aber bemerkt habe, dass ich meinen Körper verlassen hatte, war ich erleichtert und glücklich. Ich fühlte mich so, als hätte ich keine Sorgen mehr. Völlig losgelöst von dem Ganzen. Es war gigantisch.«

»Bist du dir sicher? Vielleicht hast du das nur geträumt? Könnte ja sein. Verstehe mich nicht falsch, aber wir versuchen es schon seit einem Jahr, warum klappt es ausgerechnet jetzt? Ich habe keine Ahnung, was ich davon halten soll!« Vincent stellte gerade alles infrage, was seinen Freund ungemein frustrierte. »Die vielen Versuche, die wir schon unternommen haben, und plötzlich klappt es?«

»Ja, so ist es.«

»Seitdem du das Buch gelesen hast und dich in irgendwelchen Foren über übersinnliche Dinge herum getrieben hast, hatten wir die Idee es zu versuchen. Aber ganz ehrlich? Ich habe nie wirklich daran geglaubt, dass wir es schaffen und dass es so etwas gibt.«

»Glaub es mir. Es lief genauso ab, wie es in dem Buch stand. Ein Traum war es nicht. Nein, ganz bestimmt nicht. Da kann ich durchaus unterscheiden. Ich habe keine Ahnung, warum ich es ausgerechnet heute Nacht geschafft habe. Es geschah einfach so. Endlich, nach dieser langen Zeit, in der wir nichts erreicht haben. Vielleicht war ich jetzt entspannt genug, nicht so verbissen, es hat diesmal funktioniert. Egal ob du mir glaubst oder nicht ...« Stephan drückte mit voller Wucht das Bremspedal durch. Zum Glück waren sie angeschnallt. Die Wucht war jedoch schon ausreichend, um beide kräftig durchzuschütteln.

»Stephan?«, Vincent schrie auf, während er sich an der Tür festhielt.

»Was denn?«, schrie dieser zurück und starrte durch die Scheibe.

»Wäre es möglich, dass du deinen Kaffee austrinkst, den Becher abstellst und dich auf die Straße konzentrierst?«

Stephan schielte kurz zu Vincent rüber, trank den letzten Schluck aus und stellte den Pappbecher in das offene Fach an der Fahrertür, in der sich bereits fünf solcher Becher befanden. Es hätte nicht viel gefehlt und er wäre dem Fahrer, der an der roten Ampel vor ihm zum Stehen gekommen war, aufgefahren. Durch das abrupte Bremsen konnte noch rechtzeitig ein Unfall verhindert werden. Beim Abstand zwischen den Autos handelte es sich nur um wenige Zentimeter. Stephan atmete tief durch und war froh darüber, dass die Bremsen so reibungslos funktionierten. Er wischte sich erleichtert die Schweißperlen von seiner Stirn ab. Vincent, der gerade eben steif wie ein Brett auf dem Beifahrersitz saß, wirkte jetzt etwas entspannter und lehnte sich zurück. Den Türgriff, den er soeben noch fest umklammert hatte, ließ er jetzt los. Die Hand legte er wieder in seinen Schoß und war froh, als die Finger endlich entkrampften.

»Man, war das knapp!«, sagte Vincent, als er es wagte, wieder zu atmen. »Steph, ich weiß nicht, was ich von dieser Geschichte halten soll. Wir müssen uns noch mal ausführlich darüber unterhalten, aber das Auto ist kein geeigneter Ort dafür.«

»Gut, ich komme heute Abend zu dir. Dann kann ich dir alles besser erzählen.«

»Bring doch ein Sixpack mit«, erwiderte Vincent schmunzelnd.

»Klar.« Stephan war darüber etwas enttäuscht, immerhin musste er einen halben Tag warten und sich in Geduld üben, bis er endlich von seinen Erlebnissen erzählen konnte. Er bewunderte seinen Freund dafür, dass er sich für die meisten Dinge Zeit nahm und mit Bedacht und Ruhe erledigte.

Stephan war da der Unruhigere von beiden. Vincent brachte ihn immer wieder zur Vernunft, wenn es um bestimmte Dinge ging, die zuerst überdacht werden sollten. Ja, und er hatte diesmal erneut recht, indem er das Gespräch auf heute Abend vertagte.

Kapitel 2

Wenige Minuten später parkte er direkt vor der Uni. Ein übergewichtiger Junge mit glatten, dunkelblonden Haaren, die scheinbar länger keinen Friseursalon mehr von innen gesehen hatten, lief auf sie zu. Die Jeans lagen eng an der Hüfte an. Das gestreifte T-Shirt, welches in die Hose gestopft war, saß recht knapp. Als er die Arme hoch hob, um zu winken, rutschte es nach oben und zeigte seinen Bauchnabel. Unter den Achseln zeichneten sich schon Schweißflecken ab, obwohl es erst sehr früh am Morgen war. Er war bereits als Kind übergewichtig gewesen. Im Kindergarten wurde er von den anderen Kindern geärgert und später in der Schule von seinen Klassenkameraden beleidigt und verhöhnt. Zu der Zeit nannten ihn seine Mitschüler »Pickelhippo«. In der Uni ließen ihn die meisten Studenten in Ruhe. Die Mitstudenten zeigten keinerlei Interesse daran, mit ihm befreundet zu sein, aber zumindest ärgerten sie ihn nicht. Dafür war er absolut dankbar.

»Hallo, Thomas. Wie war denn dein Wochenende?«, fragte Vincent, während er die Autotür laut zuknallte.

»Hi. Na ja, nichts Besonderes. Hab nur an einem neuen Programm gebastelt. Und was habt ihr so gemacht?« Thomas verbrachte die meiste Zeit vor dem Computer. Egal ob zu Hause oder in der Uni. Er empfand es toll, neue Programme zu entwickeln oder Actionspiele zu spielen.

»Wir haben gelernt!«, sagte Vincent, während er die

Augen nach oben rollte. Sein Freund bestätigte das mit einem knappen Nicken. Dabei wussten beide, dass sie viel zu wenig für den Test getan hatten.

»Ja, wir schreiben heute eine Klausur.« Während Stephan antwortete, lief er voraus zur Eingangshalle, immer zwei Stufen auf einmal nehmend. Vincent machte es ihm nach, etwas verwundert über diese Eile. Thomas versuchte zu folgen. Schließlich stellte er sich breitbeinig hin, stemmte die Arme in die Hüfte und sah nach oben, als er dem Schritt der beiden nicht mehr halten konnte.

»Hey!«, schrie er. Das zeigte Wirkung. Stephan und Vincent blieben sofort stehen und drehten sich zu ihm um. »Könntet ihr mir vielleicht verraten, was los ist? Warum diese Eile und überhaupt … irgendwas stinkt hier zum Himmel.« Er sagte das so laut, dass einige der Studenten, die ebenfalls auf dem Weg zu den Vorlesungssälen waren, sich aus Neugierde umdrehten.

»Oh man, es ist doch nichts. Was soll denn sein? Lasst uns weiter gehen. Wir kommen noch zu spät.« Stephan drehte sich um und stieg die Treppe hoch, während Thomas auf seine Armbanduhr schaute und fassungslos den Kopf schüttelte.

»Zu spät? Das ist doch jetzt nicht dein Ernst! Ihr seid zehn Minuten eher da als sonst! Was soll das? Wollt ihr mich verarschen?« Thomas hatte in diesem Moment ein rotes Gesicht und war deutlich aufgewühlt. Er wurde viel zu oft in seinem Leben geärgert und hatte Angst, dass die beiden ihn nun auch auf die

Schippe nehmen würden. Das wollte er nie wieder zulassen.

Stephan beachtete ihn nicht, lief die Treppe weiter hoch und verschwand in dem Korridor, der sich direkt nach dem Treppenaufgang auf der rechten Seite befand.

Vincent war etwas hin und her gerissen und hatte Schwierigkeiten damit, eine Entscheidung zu treffen. Er stand einige Sekunden auf dem letzten Drittel der Treppe und schaute nach oben, wo sich noch vor einigen Augenblicken Stephan befunden hatte, und sah anschließend hinunter zu Thomas. Er ging die wenigen Stufen abwärts und legte die Hand auf dessen Schulter.

»Pass auf, Steph hatte heute Nacht ein Erlebnis, das er für OBE hält. Du musst ihn verstehen, beim letzten Treffen gab es doch jene Auseinandersetzung und du lachtest ihn aus, als er erzählte, dass er kurz davor sei, dieses Experiment zu schaffen.«

»Ah, er hat das bestimmt nur geträumt. Stephan steigert sich gerne in irgendwas hinein.«

Nun ging Thomas die Stufen weiter aufwärts. Die Schritte waren langsam und er ließ dabei den Kopf hängen. Vincent schaute ihm kurz nach und folgte ihm die Treppe hinauf. Für den angehenden Informatiker war es schwer, an solche Dinge zu glauben. Er war durch und durch Realist. Als er vor kurzem Stephan ausgelacht hatte, meinte er es keinesfalls böse. Vielmehr hielt er es für eine Spinnerei der beiden, etwas zu versuchen, was es auf keinen Fall geben konnte. Er glaubte nicht an so einen Unfug, wie andere Welten oder Parallelwelten, weil es nichts Greifbares war.

Stephan war damals sehr enttäuscht, nachdem er über die ersten Versuche berichtete und Thomas das alles belächelt hatte. Aber die Sympathie für den pummeligen Informatiker war jedoch schon vorher nicht sonderlich groß gewesen.

Als Vincent im letzten Semester Thomas auf einer Studentenparty kennengelernt hatte, war Stephan nicht besonders erfreut, vielleicht sogar etwas eifersüchtig. Die Freundschaft zwischen ihnen konnte aber keiner so schnell zerstören. Immerhin kannten sie sich schon seit der Sandkastenzeit. Freunde fürs Leben sozusagen, wie es so schön heißt. Vincent mochte den übergewichtigen, jungen Mann trotzdem, auch wenn er keinesfalls einfach gestrickt war, zumindest was das Erscheinungsbild und die Engstirnigkeit anging. Nur weil die beiden keine große Sympathie zueinander aufbauen konnten, war Vincent nicht bereit, auf diese Freundschaft zu verzichten.

»Wenn du willst, dann komm heute Abend zu mir. Vielleicht ist Stephan nachher besser drauf«, rief er ihm noch schnell zu, bevor Thomas in dem linken Korridor verschwinden konnte. In dem Bereich der Uni befanden sich die Räume, in denen Vorlesungen für angehende Informatiker stattfanden.

»Ich weiß es nicht. Eventuell. Werde es mir überlegen«, murmelte Thomas leise und ging mit gesenktem

Kopf davon.

Vincent lief los, um Stephan vor dem Saal einzuholen, in dem Naturwissenschaften gelehrt wurden. Er schaffte es jedoch nicht rechtzeitig. Als er den Raum mit vielen Stühlen und Bänken betrat, hatte sein Freund bereits seinen Sitzplatz eingenommen. In den Vorlesungssälen dieser Uni konnte man den Eindruck gewinnen, sich in einem Bunker zu befinden. Es gab keinerlei Fenster. Die Bänke waren wie in einem Kinosaal in einer leichten Neigung angeordnet, damit die Studenten in den letzten Reihen alles sehen konnten, was sich unten an der Tafel abspielte. Im oberen Bereich des Saals gab es zwei Türen, die aus dem Vorlesungssaal hinaus führten. Die beiden Ausgänge machten es möglich, dass der Raum im Notfall schnell verlassen werden konnte. Neben der Lehrtafel existierte noch eine weitere Tür, die meistens von den Dozenten benutzt wurde. Die Einrichtung in allen Sälen bestand aus Bänken und Schreibpulten, die aus einem dunklen Vollholz gezimmert waren.

Vincent setzte sich neben seinen Freund auf die Bank und wünschte ihm viel Glück für die Klausur. Stephan wünschte ihm ebenfalls ein gutes Gelingen, obwohl man es durchaus merkte, dass er immer noch schlechte Laune hatte.

Als der Professor herein kam, waren sie erneut in ihren Gedanken versunken. Insgesamt war die Konzentration bei dem Test für beide nicht berauschend. Stephan musste ständig daran denken, dass er von Thomas zu sehr enttäuscht wurde und sich keineswegs in der Lage fühlte, seinen Freund mit ihm zu teilen. Er fand es damals überhaupt nicht nett und taktvoll, als er alles ins Lächerliche gezogen hatte.

Vincent wiederum hoffte, heute Abend einiges aufklären zu können und erwartete, dass die beiden sich aussprechen würden. Er ging davon aus, Stephan ließe sich nicht blicken, sobald er erfahren würde, dass Thomas ebenfalls eingeladen wurde. Aus dem Grund schwieg er. Es war ja sowieso noch ungewiss, ob er erscheinen würde.

Kapitel 3

Vincent und Stephan machten es sich auf dem blauen Sofa gemütlich. Sie sprachen über die misslungene Arbeit, als es an der Tür klingelte. Stephan zuckte beim lauten Schrillen der Klingel vor Schreck zusammen.

»Erwartest du noch jemanden?«, fragte Stephan erstaunt.

»Es könnte Thomas sein. Er wusste heute früh noch nicht, ob er kommt.« Vincent stellte die Bierflasche ab und stand vom Sofa auf. Dabei vermied er es, seinen Freund direkt anzusehen, denn er ahnte, welcher Blick ihn dort erwartete. Damit hatte er keinesfalls unrecht. Stephans Blick verfinsterte sich. Er war in dem Moment sehr enttäuscht von Vincent. Das Gefühl hintergangen worden zu sein, ließ düstere Gedanken in seinem Kopf kreisen. Damit hatte er nicht gerechnet, Thomas am heutigen Tag erneut sehen zu müssen. Davon hätte er gerne früher erfahren.

»Das ist jetzt nicht dein Ernst! Auf den habe ich heute Abend überhaupt keine Lust!«

»Beruhige dich doch. Gib ihm noch eine Chance, Stephan. Du weißt doch, Thomas ist solchen Themen gegenüber nicht offen genug. Das hat er bestimmt nicht böse gemeint.« Mit diesen Worten verließ Vincent das Zimmer, um Thomas hereinzulassen.

Stephan umklammerte die Flasche noch fester. Am liebsten wäre er sofort aufgestanden und nach Hause gegangen. Er hatte sich einen ruhigen Abend nur mit seinem besten Freund erhofft. Das konnte er nun vergessen. Die Zeit zu zweit, abends mit einem Bier sitzend und über Gott und die Welt philosophierend, war vorbei. Im Beisein von Thomas konnte er sich nicht so locker und fröhlich geben. Thomas konnte mit vielen Themen nichts anfangen und war in dieser Hinsicht ein Spielverderber. Alles, was junge Menschen, wie sie drei es waren, faszinierte, war für Thomas langweilig. Wenn es möglich gewesen wäre, dann hätte man in dem Moment eine dicke, dunkelgraue Wolke über Stephans Kopf schweben gesehen.

Vincent verschwand in der kleinen Diele, um den Türdrücker zu betätigen, damit Thomas in das Haus hinein gelangen konnte. Es dauerte lange, bis er in der fünften Etage auftauchte. Mit seinen vielen Kilos war er beim Treppensteigen nicht so schnell wie Vincent oder Stephan. Er zog sich sehr oft an dem Treppengeländer hoch, um sich abzustützen. Immer wenn er dies tat, quietschte die Metallkonstruktion.

»Servus Vincent. Ich hasse dieses Haus«, sagte Thomas außer Puste, als er an der Haustür ankam. Das gab er jedes Mal von sich, wenn er Vincent besuchte.

»Jammere nicht. Komm rein«, erwiderte Vincent schmunzelnd, obwohl ihm eigentlich etwas anderes durch den Kopf ging.

»Hi.« Thomas betrat das Wohnzimmer und ließ sich in den Sessel plumpsen.

»Hi.« Stephan guckte bei der Begrüßung in eine andere Richtung. Eigentlich hatte er vor, ihn den ganzen Abend zu ignorieren. Manchmal konnte er sehr bockig sein und wollte diesmal auf keinen Fall so tun, als wäre nichts vorgefallen. Stephan hielt die Bierflasche fest und guckte zum Aquarium, in dem die Fische von links nach rechts und von oben nach unten schwammen. Das wirkte beruhigend auf ihn. Dabei zog er eine beleidigte Flappe und saß verkrampft in seinem Sessel.

»Bier?«, fragte Vincent, als er den Kühlschrank öffnete.

»Ja, gerne«, antwortete Thomas sofort.

»Benehmt euch doch endlich wieder normal, Jungs. Ihr seid neunzehn und nicht sechs! Wie im Kindergarten!«, übernahm Vincent schließlich das Wort, nachdem er merkte, dass sie von selbst nicht aufeinander zugehen würden. Er machte eine Bierflasche auf und reichte sie Thomas, der sie dankend entgegen nahm und sofort dran nippte. Mit Stephan und Vincent anzustoßen traute er sich bei der dicken Luft nicht. Thomas schielte vorsichtig zu Stephan herüber, der weiterhin auf das Aquarium starrte, und machte dann doch den Versuch mit Stephan zu reden.

»Es tut mir leid, wenn ich dich verletzt habe. Ja, ich habe darüber gelacht, als du uns damals davon erzählt hast, aber ich habe damit nicht dich persönlich gemeint. Ich kann nun mal an solche Dinge kaum glauben.« Thomas sah ihn mit einem Hundeblick an und hoffte, dass er endlich das Schweigen beenden und ihm verzeihen würde. Hilflos schielte er kurz zu Vincent rüber, doch von dort bekam er keine Hilfe. Stephan sah ihn immer noch nicht an, sondern starrte die Bierflasche in seiner Hand an und wirkte nachdenklich. Auch wenn Stephan sehr stur sein konnte, er hatte ein gutes Herz und hasste Streitereien. Er wartete noch einen Augenblick, um Thomas zappeln zu lassen, bevor er schließlich antwortete. Die Flasche ließ er endlich aus dem Blick, drehte langsam den Kopf zur Seite und sah Thomas an.

»Du solltest nicht über Dinge lachen, die du kaum verstehst oder von denen du absolut keine Ahnung hast«, antwortete Stephan, immer noch beleidigt, aber der Zorn schien sich verflüchtigt zu haben.

»Ja, du hast recht. Es war falsch von mir. Werde ich nicht mehr machen. Frieden? Tut mir wirklich leid. Schwamm drüber?« Er streckte seine Hand Stephan entgegen. »Komm schon, schlag ein.«

Dieser ließ ein paar Sekunden verstreichen, bevor er ihm die Hand reichte. »Na schön.«

»So gefällt es mir schon besser.« Vincent setzte sich wieder auf das Sofa. Es vergingen noch einige Minuten, bis die Situation absolut entspannt wirkte und die beiden ein normales Verhalten zeigten. Sie wurden lockerer und Stephans Hände umklammerten die Bierflasche nicht mehr so fest wie zuvor.

Als endlich Frieden einkehrte, war es wie sonst auch, wenn sie gemütlich zusammen saßen. Im Hintergrund hörte man das Lied *Loverman* von *Metallica* und das Bier hob die Stimmung der drei jungen Männer. Beim Refrain sangen alle mit. Es störte niemanden, wenn sie die Töne nicht alle trafen. Den Text kannten sie auswendig. Thomas stand schließlich auf und fing an, Luftgitarre zu spielen, wie so oft zu diesem Song. So etwas würde er sich sonst nirgendwo trauen. Nur in seinem eigenem Zimmer, wenn er alleine war oder erst seit kurzem vor seinen zwei Freunden. Es hatte einige Zeit gedauert, bis Thomas sich im Beisein seiner beiden Freunde so locker verhalten konnte. Mittlerweile war das nötige Vertrauen da, um sich fallen zu lassen. Es war ihm bewusst, dass sie anders als die anderen Studenten waren und ihn nicht auslachen würden.

Nur eine Stehlampe und die Leuchte über dem Aquarium erhellten das Zimmer. So war es gemütlich. Das gedämpfte Licht lud zum Träumen ein, was alle drei zu dem Zeitpunkt genossen.

»Jetzt würde ich aber doch gerne wissen, was du letzte Nacht erlebt hast, Stephan. Ich bin neugierig geworden.« Thomas hoffte, jetzt könnte es sich um den passenden Moment handeln, mehr zu erfahren. Auch wenn er nicht an übernatürliche Dinge und Erlebnisse glaubte, es interessierte ihn dennoch. Er wollte ein Teil dessen sein, was die beiden Freunde erlebt hatten. Das Gefühl, ausgeschlossen zu werden, wie er es bisher kannte, wollte er nie wieder erleben. Etwas Egoismus spielte trotzdem mit, denn er wollte auch beweisen, dass er Stephan diesmal nicht auslachte, sondern das Thema ernst nahm und zuhören konnte.

Die Jungs waren wieder fröhlich und locker, die Stimmung hätte nicht besser sein können und das Bier machte alles etwas einfacher. Vincent wollte zuerst Thomas aufklären und ihn in das Thema einweihen.

»Hast du das letzte Mal verstanden, um was es geht?«, fragte er.

»Grob. Soviel ich weiß, versucht ihr, aus eurem Körper auszutreten oder besser gesagt, die Seele macht das?« Thomas sah in dem Moment etwas dümmlich aus.

Vincent guckte flüchtig in Stephans Richtung. Er wollte sich vergewissern, ob es in Ordnung war, dass er weiter das Wort übernahm. Nachdem Stephan jedoch ein leichtes Lächeln auf seinen Lippen vernehmen ließ und mit dem Kopf nickte, setzte Vincent mit der Aufklärung fort. Insgeheim hoffte er, Thomas bliebe diesmal ernst und es gäbe keinerlei Anlass zu einer weiteren Streiterei.

»Die Abkürzung aus dem Englischen ist OBE, was für *Out of Body Experience* steht. Im Deutschen heißt es so viel wie *außerkörperliche Erfahrung*. Die Abkürzung ist AKE. Zu dem Thema gibt es eine Menge Literatur. Darin wird erklärt, wie es manche Menschen schafften, aus ihrem Körper auszutreten und welche Erfahrungen sie damit gemacht haben. Viele erzählen von anderen Orten und fremden Lebewesen.« Während er darüber sprach, guckte Vincent die ganze Zeit Thomas an. Sobald er ein Anzeichen dafür sah, dass er ihn gleich auslachen würde, wollte er sofort reagieren können. Dieser wirkte jedoch sehr interessiert und lachte keinesfalls.

»Krass! Was sind denn das für Lebewesen?« Thomas

Gesichtsausdruck wirkte ernsthaft interessiert, als er nachfragte.

»Das ist hier die Frage. Man liest Verschiedenes, vor allem über Geister, Verstorbene bis hin zu Außerirdischen. Es soll eine eigene Welt dort geben. In manchen Berichten steht etwas darüber, dass es einen Ort geben soll, in dem sich alles abspielt. Es ist ein Bereich, an dem sich die Seelen treffen. Das soll einem Paradies ähneln. Dorthin schafft es jedoch nicht jeder. Dieser Bereich soll besonders bewacht und beschützt sein. Du fragst dich bestimmt wie? Keine Ahnung. Das wollen Stephan und ich eben herausfinden.« Vincent lehnte sich zurück und trank aus seiner Flasche.

»Und daran glaubt ihr?«, fragte Thomas. Er sah dabei sehr ernst aus.

»Ja, das tun wir. Dass es ein Leben nach dem Tod gibt, davon sind wir überzeugt. Es existieren ja viele Berichte darüber und warum sollten Menschen solche Lügen verbreiten? Die klinisch Toten, die wieder aufwachen …« Vincent nahm einen Schluck aus seiner Flasche, bevor er weiter sprach. »Bei dem OBE handelt es sich um etwas Ähnliches, denke ich. Denken wir«, korrigierte er schnell. »Es ist eine Parallelwelt, eine Welt, in der nur die Seele existieren kann.«

»Aber warum ist es dann so unbekannt? Wenn es so einen Ort, eine Parallelwelt oder wie auch immer du es nennst, gäbe, dann müsste es doch von Berichten, Artikeln oder Filmen darüber nur so wimmeln.« Für Thomas war dieser Gedanke immer noch unvorstellbar, er beharrte nun mal auf Fakten.

»Weil es nicht so einfach ist!«, mischte sich nun Stephan ein. »Es schaffen nicht viele, ihren Körper zu verlassen. Die meisten geben nach einigen gescheiterten Versuchen auf.«

»Und du hast es geschafft?«, wollte Thomas schließlich erfahren. Er nahm eine erwartungsvolle Haltung ein, indem er sich nach vorne lehnte und seine Ellbogen auf den Oberschenkeln abstützte.

»Ja, das denke ich. Es hat sehr lange gedauert, aber ich habe fast jede Nacht geübt und das bereits seit einem Jahr. Ich denke, ich bin nun endlich auf dem Weg, eine Seelenreise zu unternehmen. Klar, manche schaffen das viel schneller, aber das sind nur Ausnahmen.«

»Hmm.« Thomas hatte keine Fragen mehr. Sie lehnten sich gleichzeitig zurück und nippten erneut an ihren Bierflaschen. »Seelenreise. Hmmm.« Thomas überlegte laut.

»Mit der Seele zu reisen und Orte zu entdecken. Andere Seelen auf der Reise zu treffen. Es würde mir schon gefallen, wenn ich das schaffen würde«, träumte Stephan laut vor sich hin.

In diesem Moment der Stille konnten alle ihren eigenen Gedanken nachgehen. Die *Metallica* CD fing zum dritten Mal an. In dem gleichen Moment, in dem Stephan unvermittelt zu sprechen begann, lief es Thomas kalt den Rücken runter.

»Ich denke, dass ich letzte Nacht einen großen Schritt in die richtige Richtung gemacht habe. Ein erster Erfolg! Vincent wird es auch schaffen, da bin ich mir sicher. Und wenn es so weit ist, dann werden wir beide zusammen diesen Ort finden.« Stephan zwinkerte Vincent zu und trank sein Bier aus. Vincent blinzelte zurück, war sich aber nicht sicher, es jemals so weit wie Stephan zu schaffen. Es erforderte noch sehr viel Übung, die er in der letzten Zeit vernachlässigt hatte.

»Oh Mann! Geister, Tote, was denn noch alles? Ich hab keinen Bock drauf. Ihr habt doch echt einen Knall, wenn euch so was reizt. Habt ihr keine Angst?« Jetzt war Thomas offensichtlich verstört und etwas verärgert, denn er stand auf und holte sich noch ein Bier aus dem Kühlschrank. Hastig öffnete er den Verschluss und trank in großen Schlucken die halbe Flasche aus.

»Natürlich ist es nicht ganz ohne. Ein Risiko ist schon dabei.« Vincent holte zwei weitere Biere aus dem Kühlschrank und gab eins an Stephan weiter. »Es kann so einiges passieren. Die Seelen können zu uns auf die andere Seite gelangen, wenn das Tor offen ist. Die nächste Gefahr wäre, dass unsere Körper von anderen Kreaturen besetzt werden könnten, sobald sie ohne Seele verlassen daliegen. Das Risiko müssen wir eingehen. Es ist ein Experiment. Nicht wahr, Steph?«

»Ja, aber das wird uns bestimmt nicht passieren. Um den Körper zu besetzen, müssen die Geister oder wie auch immer, die Silberschnur durchtrennen, die unseren Körper mit der Seele verbindet. Und das soll keinesfalls einfach sein. Abgesehen davon, glaube ich absolut nicht an das mit dem Tor. Viele gehen in diese Ebene rein und wieder zurück. Wenn alle jedes Mal einen Geist zu uns mitbringen würden, dann wäre es ganz schön gruselig hier auf der Erde. Das kommt vermutlich nicht so oft vor. Oder? Buhhhh.« Zum Spaß gestikulierte er und ahmte ein Gespenst nach. Dabei guckte er Vincent fragend an, in der Hoffnung, dieser würde das genau so sehen und es bestätigen.

»Wollen wir mal hoffen«, antwortete Vincent knapp und hatte dabei trotzdem ein wenig Bedenken.

»Das wird mir jetzt etwas zu viel. Ich gehe nach Hause. Danke für das Bier. Man sieht sich.« Thomas stand unvermittelt auf, zog seine Jacke an und ging aus der Wohnung, ohne sich noch mal umzudrehen. Sogar die halb volle Flasche ließ er stehen. Bevor er die Tür hinter sich zuzog, vernahm er Stephans Stimme: »Pass auf die Geister auf!«, direkt danach hörte er ein schallendes Lachen. Thomas mochte es nicht, ausgelacht zu werden. Stephan kassierte unmittelbar danach Tadel von Vincent.

Kapitel 4

Thomas hatte nicht die Absicht gehabt, die Tür so unsanft zufallen zu lassen, aber nach dem Satz, den er eben gehört hatte, konnte er nicht anders. Er lief die Treppen langsam runter und bevor er den ersten Schritt aus dem Hauseingang wagte, steckte er zunächst seinen Kopf durch den Türspalt und spähte durch die leicht geöffnete Tür. Zuerst nach links und dann nach rechts. Erst danach schritt er mit weit aufgerissenen Augen und immer wieder lauschend, die Allee entlang nach Hause. Alle paar Meter blieb er stehen und versuchte zu horchen. Jedes Mal musste er feststellen, dass er lediglich sein eigenes Atmen hörte. Thomas war keine sportlichen Aktivitäten gewohnt. Ein zügiger Gang forderte ihm Höchstleistung ab und ließ ihn keuchend nach Luft schnappen. Als er schließlich die Hauptstraße erreichte und Menschen erblickte, blieb er stehen, lehnte sich an eine Hausfassade und versuchte seine Atmung zu beruhigen. Trotz der kalten Nacht schwitzte er am ganzen Körper. Die nasse Kleidung klebte ihm am Rücken. Er war verärgert, sich derart von diesen Spukgeschichten beeinflusst haben zu lassen. An diesem Abend war er froh, keinen Park auf dem Nachhauseweg durchqueren zu müssen. Ihm reichten schon die dunklen, menschenleeren Straßen, die er entlang laufen musste. Sein einziger Wunsch war, so schnell wie nur irgendwie möglich nach Hause zu kommen.

Thomas wohnte noch in dem Einfamilienhaus seiner

Eltern und in der heutigen Nacht war er dankbar dafür, nicht alleine sein zu müssen. Als sich sein Puls normalisiert hatte, nahm er die letzten Straßen in Angriff, auch wenn es ihn enorme Überwindung kostete. Diesmal weniger hektisch und ohne den Zwang, sich alle paar Meter umdrehen zu müssen. Die Gegend war nicht leer gefegt und mit der Gewissheit, Menschen in der Nähe zu haben, wiegte er sich in Sicherheit. Das Verlangen, schnell zu Hause anzukommen, ließ ihn dennoch schneller als üblich laufen.

Heute Nacht machte er die Tischlampe nicht aus, als er im Bett lag. Er kam sich wie ein Fünfjähriger vor. Als Kind wollte er immer, dass seine Eltern eine Lampe brennen ließen. Er hatte Angst vor den bösen Geistern, die sich im Schrank, unter dem Bett und überall im Zimmer befanden.

Trotz der Beleuchtung, die aus den Möbeln und sonstigen Gegenständen in seinem Kinderzimmer eine Schattenwelt bildeten, konnte er nicht sofort einschlafen. Die Tatsache, dass sich seine Eltern auch im Haus befanden und ein Stockwerk tiefer bereits schnarchten, nahm ihm nach einiger Zeit endlich die Angst. Dabei waren seine Kindheitsängste schon längst passe.

Jedes Mal, wenn er die Augen schloss, sah er Gespenster und Zombies. Das heutige Thema hatte sich in seinem Hirn fest verankert, es ließ ihn nicht ruhig einschlafen. Die spontane Idee, sich noch eine Tasse heiße Milch mit Honig in der Küche zu holen, schob er im nächsten Moment gleich wieder beiseite. Er wollte sein Zimmer heute Nacht nicht mehr verlassen. Das Haus erschien nachts viel zu dunkel und unheimlich, die alten Bodendielen quietschten, die Treppenstufen ebenso. Er gab sich mit der Cola zufrieden, welche er noch auf seinem Schreibtisch stehen hatte. Bereits während er die halbe Flasche austrank, wurde ihm klar, dass es ein Fehler gewesen war, zu dieser Stunde ein koffeinhaltiges Getränk zu sich zu nehmen. Es machte ihn wach und hibbelig.

Weitere Versuche einzuschlafen, misslangen kläglich. Schließlich holte er seinen alten Gameboy aus der Schublade. Er hatte auf diesem Gerät schon seit Jahren nicht mehr gespielt. Dennoch funktionierte es einwandfrei. Er beschäftigte sich so lange damit, bis es draußen hell wurde und die Vögel mit ihrem Gesang vor dem Fenster loslegten.

Stephan und Vincent unterhielten sich noch eine Weile darüber, wie ängstlich Thomas war. Natürlich wollten sie nicht über ihn spotten, aber sie fanden seine Ängstlichkeit beinahe amüsant. Vincent versuchte nicht darüber zu lachen, aber das gelang ihm nicht gänzlich. Der Alkoholpegel gab dem Ganzen sein Übriges hinzu. Diesen Moment alleine mit Vincent genoss Stephan. Insgeheim erleichterte es sein Gemüt, dass Thomas sich entschuldigt hatte und sogar etwas Interesse an dem Thema zeigte. Damit hatte er nicht gerechnet.

Vincent holte die letzten zwei Bierflaschen, die noch im Kühlschrank lagen. Das Glas klirrte, als sie anstießen. »Auf das Experiment!«, scherzte Vincent.

»Auf das Experiment! Möge es uns gelingen! Auf den Ort der Seelen«, erwiderte Stephan gut gelaunt. Die Metallica CD lief zum sechsten Mal an, als sie die letzten Schlucke aus ihren Flaschen tranken.

Heute war es sehr spät geworden, als Stephan sich auf den Heimweg machte. Den Golf ließ er bei Vincent stehen. Nach dem vielen Bier wollte er nicht das Risiko eingehen, in eine polizeiliche Kontrolle zu geraten. Beide waren froh darüber, denn so konnten sie gemeinsam ein paar Bier trinken, ohne noch mit dem Auto oder mit den öffentlichen Verkehrsmitteln durch die Stadt fahren zu müssen. In der Gegend verkehrte der Bus sehr selten, weshalb es sich kaum lohnte, auf einen zu warten. In dieser Nacht war es kalt und feucht draußen und so war es besser, in Bewegung zu bleiben, um von dem unangenehmen Wind geschützter zu sein. Stephan stellte den Kragen seiner Jacke hoch, als er in die Straße abbog, die am Park entlang führte. Diese kleine Gasse war das Einzige, was ihm auf dem Heimweg missfiel, und meistens beschleunigte er hier sein Schritttempo. Wäre er um den Park herum gelaufen, hätte er fünf Minuten mehr in Kauf nehmen müssen. Bei dieser Kälte wollte er das nicht unbedingt. Als er bereits einige Meter die Gasse entlang gelaufen war, beschlich ihn ein unangenehmes Gefühl. Er hatte den Eindruck, als würde ihn jemand beobachten. Stephan blieb kurz stehen und sah sich um. In der Dunkelheit des Parks konnte er niemanden erkennen. Wenn er seinen Blick in den dunklen Park richtete, um zwischen den Bäumen und Büschen hindurch zu spähen, waren nur Dunkelheit und die Schatten der Bäume zu erkennen. Trotzdem bekam er es mit der Angst zu tun und hatte nach wie vor das Gefühl, beobachtet zu werden. Sein Puls schoss plötzlich in die Höhe und zeitgleich spürte er pulsierende Kopfschmerzen an den Schläfen. Obwohl er sich aus Angst, doch etwas zu sehen, nicht mehr umdrehen wollte, tat er es dennoch. Als er seinen Blick wieder nach vorne richtete, bildete er sich ein, jemanden neben der großen Birke, die sich einige Meter vor ihm befand, gesehen zu haben. Er blieb erneut stehen und als er hinsah, war dieses Etwas verschwunden. Es war nichts Außergewöhnliches da, außer dem Baum und der Dunkelheit. Er sah erneut auf die Straße und beschleunigte seinen Gang. Als er ein sehr leises Geräusch neben sich hörte, nur ein kaum vernehmbares Rascheln, blieb er abermals stehen. Wiederholt sah er nach rechts und meinte, einen Schatten gesehen zu haben. Aber als er in diese Richtung blickte, war an der Stelle nichts zu erkennen, wovor er sich hätte fürchten müssen. Nun lachte er über sich selbst und gab die Schuld dem vielen Bier an diesem Abend. Dies musste der Grund für seine plötzlichen Halluzinationen sein. Als er bereits zum Weiterlaufen ansetzen wollte, wurde ihm übel. Sein Magen verkrampfte sich und Stephan fühlte, wie der Mageninhalt nach oben stieg. Er ging schnell zu dem nächsten Baum, um sich zu übergeben. Sich mit einer

Hand am Baumstamm haltend, beugte er sich nach unten und ließ das Unvermeidliche geschehen. Er war verwundert darüber, wie viel gelbe Flüssigkeit hinaus geschleudert wurde. Bei dem Anblick und Geruch wurde ihm noch übler. Er hielt sich mit der anderen Hand den Bauch fest, in der Hoffnung den Druck im Inneren zu lindern. Als nichts mehr im Magen vorhanden war, wischte er sich den Mund am Ärmel ab. Stephan richtete sich wieder auf und erspähte nun zwischen der nächsten Baumreihe wieder einen dunklen Schatten. Ein schattenhaftes Wesen mit verschwommenen Konturen, stand nicht weit weg von ihm und bewegte sich nicht. Wenn sein Magen nicht schon leer gewesen wäre, dann hätte er spätestens jetzt dessen Inhalt von sich gegeben. Stephan taumelte rückwärts wieder auf den Fußgängerweg, ohne seinen Blick von der grauen Gestalt abzuwenden. Der dunkle Schatten zwischen den zwei Birken bewegte sich nicht. Er stand nur da. Kein Zucken, keinerlei Bewegungen. Als Stephan wieder die Betonplatten des Fußgängerweges unter seinen Füßen spürte, fing er an zu rennen. Sein leerer Magen fühlte sich an, als hätte er eine Bleikugel an der Stelle liegen, wo sich vor wenigen Minuten noch der Mageninhalt befand. Trotz der Schmerzen lief er weiter. Er hatte Angst, Angst wie noch nie zuvor. Er rannte los und nahm den Schmerz in Kauf. Als Stephan das Haus erreichte, schaute er sich noch ein letztes Mal um. Er konnte nichts entdecken, abgesehen von den Gebäuden in der Straße und den vielen parkenden Autos am Straßenrand.

Als Stephan die Haustür öffnete, war er froh darüber, endlich zu Hause angekommen zu sein. Heute sperrte er die Tür zweimal zu, was er sonst nie tat. Normalerweise reichte es ihm, nur den Schlüssel von innen ins Schloss zu stecken. Er nahm auf dem Sofa Platz und legte seine Hand auf den Bauch. Die Stelle fühlte sich hart an. Schmerzerfüllt richtete er sich schließlich auf und ging ins Bad, um Zähne zu putzen und sich das Gesicht mit kaltem Wasser abzuwaschen. Nachdem er seinen Schlafanzug angezogen hatte, ging er schlafen. Die Decke spendete ihm die Wärme, die seinem Magen unvorstellbar gut tat.

In dem Moment, als der Kopf das Kissen berührt hatte, fing alles an, sich um ihn zu drehen. Ihm war schwindelig und schlecht. Stephan fragte sich, warum er plötzlich so heftig auf Alkohol reagierte. Er vertrug normalerweise sehr viel und hatte nie Probleme damit, etwas mehr zu trinken. Erbrechen musste er sich nur manchmal und nur dann, wenn er durcheinander trank. Sekt, Bier, Cocktails und zwischendurch einen Schnaps, das wäre dann zu verstehen. Aber heute? Es gab ja nichts anderes außer Bier. Er war eigentlich nicht der Typ, der nur so wenig Alkohol vertrug. Normalerweise feierte er oft ausgiebig die ganze Nacht durch und trank üblicherweise das Dreifache von dem, was er heute Abend an Alkoholischem zu sich genommen hatte. Es war ihm ein Rätsel.

»Wohl doch zu viel Bier«, murmelte er, bevor er sich auf den Rücken drehte, um nicht wieder würgen zu müssen. Trotz der schrecklichen Gedanken, die er immer noch an die dunkle Gestalt im Park hatte, schlief er sofort ein.

Kapitel 5

Die Phase des Halbschlafes erlebte Stephan als pure Entspannung. Das Gefühl, welches er empfand, war beinahe, als würde er auf einer Wolke schweben. Sein Körper fing an zu vibrieren. Es fühlte sich an, als wäre er schwerelos und würde nur aus Luft bestehen. Der Zustand hielt eine Weile an, bis die noch eben verspürte Leichtigkeit verloren ging und sein Körper sich plötzlich starr wie ein Brett anfühlte. Weiter in der Ferne hörte er etwas klingeln, ähnlich einer Kirchenglocke, jedoch viel länger anhaltend. Es war wie ein lang gezogenes *Dinnnng Donnnng*. Der Ton erklang dumpf, als würde sich diese Glocke in einem weit entferntem Haus befinden, umgeben von dicken Wänden und ummantelt mit Watte. Es blieb immer im selben Rhythmus und klang angenehm. Er lauschte gerne dem klingelnden Ton, der etwas Beruhigendes hatte. Doch seine Konzentration wurde durch ein zusätzliches Geräusch, in seiner unmittelbaren Nähe, unterbrochen. Es war nicht dumpf und auch nicht so weit entfernt, sondern klar und deutlich, eher wie ein Rascheln. Wie von einem Butterbrotpapier, das soeben von jemandem zerknüllt wurde. Dieses Rascheln hatte einen eigenen Takt und machte ohne Unterbrechung *wrisch, wrisch, wrisch*. Jetzt war Stephans Interesse auf die neue Erscheinung gelenkt. Es wirkte nicht beruhigend, jedoch interessant und er versuchte genauer hinzuhören. Das Glockengeräusch konnte man immer noch registrieren, aber es wurde leiser, sobald

Stephan sich nur auf das Rascheln konzentrierte. Im nächsten Augenblick vernahm er einen weiteren Laut. Dieses Knistern befand sich nicht so weit in der Ferne wie die Glocken und auch nicht so nah wie das Geraschel, welches dem Zusammendrücken von Papier glich. Aus der Ferne beurteilt, musste sich dieser Laut mittig zwischen dem Glockengeläut und Rascheln befinden. Stephan bemühte sich, seine Aufmerksamkeit auf das Knistern zu richten. Als ihm das gelang, waren die anderen beiden Laute nur noch leise zu hören. Er nahm Stimmen zur Kenntnis. Es hatte den Anschein, als würden sich zwei Menschen unterhalten. Die Sätze konnte er nicht begreifen. Womöglich eine fremde Sprache? Er versuchte, sich noch mehr zu sammeln. Ab und zu hatte er das Gefühl, das eine oder andere Wort zu erkennen. Die wenigen Wörter, die er verstand, brachten ihn aber nicht weiter. Dem Gespräch konnte er kaum folgen. Wörter wie »Seele«, »tot«, »Verschwinden« und »auf der anderen Seite«, meinte er zu verstehen. Alles war viel zu undeutlich und die zwei weiteren Geräusche, die kaum noch zu hören waren, störten ihn außerdem. Er gab es auf. Diesem Geplapper wollte er nicht mehr folgen. Um dieser Situation zu entkommen, wünschte er sich zurück in seinen Körper. Stephan fühlte sich abermals leicht wie eine Feder und wieder war dieses Gefühl anwesend, als würde er auf einer Wolke schweben. Es dauerte nicht lange, bis er erneut fiel. Plötzlich und schnell. Wenige Zentimeter über dem Bett blieb er hängen, bis er wieder langsam hinauf stieg. Der Eindruck, als würde ihn nur Wind tragen, versetzte Stephan in ein berauschendes Glücksgefühl. Als ihn unvermittelt der Eindruck überkam, er würde sich nicht mehr bewegen, öffnete er die Augen. Seine Seele blickte nach unten auf das niedrige Doppelbett, in dem er noch vor ein paar Minuten gelegen hatte. Er sah sich genau dort liegen, wo er sich schlafen gelegt hatte. In dem Moment wurde ihm klar, dass er seinen Körper wieder verlassen hatte. Diese Gewissheit und die Freude darüber ließ ihn wach werden. In dem Augenblick der Erkenntnis wurde er zurück in seinen Körper katapultiert.

Stephan machte die Augen auf und ließ seinen Blick durch das Zimmer schweifen. Wie zu erwarten gewesen war, befand er sich in seinem Schlafzimmer. Es war nichts verändert oder unnatürlich. Trotz der Dunkelheit war es ihm möglich, alles grob zu erkennen. Er lauschte und hörte etwas. Aber woher kam dieses Geräusch? Unter dem Bett? Es konnte nur von dort kommen. Einen Moment zögerte er, aber die Neugier war größer als die Angst. Nun stand er auf, ging auf die Knie und bückte sich runter, um nachzusehen. Sein Bett war ziemlich groß, eigentlich viel zu groß für nur eine Person. Er sah zuerst in die rechte und dann in die linke, hinterste Ecke. Sogleich musste er erkennen, dass sich dort etwas befand, was da nicht hingehörte. Seine Pupillen weiteten sich bei dem Versuch, mehr zu erkennen. Als er den dunklen Schatten erblickte, der sich unter seinem Bett befand, erschrak er. Die dunkle Gestalt bewegte sich nicht und schwebte in einer waagrechten Position zwischen Lattenrost und Teppichboden. Dabei machte sie diese eigenartigen Geräusche, die er vorhin gehört hatte. Jetzt erinnerte es Stephan an das Atmen eines Asthmakranken. Stephan bekam Angst. Augenblicklich aus der Wohnung zu verschwinden, war in dem Moment sein einziges Ziel. Doch nur nach einem Schritt, den er in Richtung Tür gemacht hatte, erblickte er eine weitere dunkle Gestalt. Sie verstellte den Ausgang. Voller Panik sprang Stephan zurück unter die Bettdecke. Sein Kopf lag auf dem Kissen und fühlte sich so schwer an, als wäre er aus Beton. Die noch warme Decke zog er hoch bis an sein Kinn.

Als lange Zeit nichts passierte, setzte er sich aufrecht hin. In der Hoffnung etwas zu entdecken, ließ er den Blick im Raum umher kreisen, obwohl er wusste, dass das Übel sich unter seinem Bett befand. Er tastete im Dunkeln nach dem Knopf der Nachttischlampe. Die konnte er jedoch nicht auf Anhieb finden. Der Schalter war zwischen Bettrahmen und Nachttischschränkchen eingeklemmt. Stephan schob eine Hand in die Spalte, um den Drücker zu finden. In dem Moment streifte ihn etwas am Nacken. Seine Hand blieb wie erstarrt liegen und suchte nun nicht mehr nach dem Knopf, der den Raum erhellt hätte. Abrupt wurde er von einer Hand an der Kehle gepackt und wieder runter in das Kissen gezogen. Er fuchtelte mit seinen Armen und Beinen, um sich aus dem Griff, der ihn fest umklammerte, zu befreien. »Verschwinde! Lass mich!«, schrie Stephan, obwohl er merkte, dass der

Druck um seinen Hals noch stärker wurde, als er sich noch mehr wehrte. Seine Decke wurde auf den Boden geschleudert. Als er den Eindruck hatte, dass sich der Druck um seine Kehle lockerte, versuchte er sich erneut aufzusetzen. In dem Moment wurde der Griff abermals fester und presste seinen Kopf wieder in das Kissen. Stephan fasste mit einer Hand nach hinten, um das, was ihn festhielt, zu packen. Bevor er die Stelle erreichte, an der sich dieses Etwas befand, wurde er um hundertachtzig Grad gedreht und lag nun mit dem Gesicht nach unten. Die Hand hielt seinen Hals fest und drückte zu. Er wurde so sehr mit seinem Gesicht in das Kissen gedrückt, dass er nach Luft schnappen musste. Seine Hände versuchten erfolglos, seinen Körper nach oben zu stemmen. Er versuchte seinen Kopf nach rechts zu drehen, um wieder Luft zu bekommen. Der Griff hatte ihn so fest gepackt, dass er seinen Kopf keinen Millimeter drehen konnte. Nun sah Stephan nur noch Schwärze und fiel in die Tiefe der Ohnmacht.

Kapitel 6

Als Stephan am nächsten Morgen durch das Klingeln des Weckers geweckt wurde, fühlte er sich so ausgelaugt und müde, wie schon lange nicht mehr. An die letzte Nacht konnte er sich anfangs noch nicht richtig erinnern, weshalb für ihn diese Müdigkeit unerklärlich war. Erst als er aufrecht im Bett saß und die Füße auf den Boden abstellte, kam die Erinnerung an die letzte Nacht wieder hoch. Er fing an zu zittern, als er sich wieder an den grauen Schatten und den Griff im Nacken erinnerte. Jetzt wurde ihm so übel, dass er ins Bad sprintete, um sich zu erleichtern. Der leere Magen gab nur Magensäure her. Er sah in den Spiegel und entdeckte die roten Stellen am Hals. Als er diese Spuren anfasste, durchzuckte ihn der Schmerz. Nachdem er sein Gesicht mit kaltem Wasser abgewaschen hatte und zitternd aus dem Bad kam, fasste er den Entschluss, heute die Uni sausenzulassen. Er holte das Handy aus der Jacke, setzte sich erneut auf das Bett und wählte Vincents Nummer.

»Ja«, meldete sich sein Freund am anderen Ende der Leitung.

»Steph hier. Ich bleibe heute daheim. Mir geht es irgendwie nicht so gut. Du brauchst nicht auf mich zu warten.«

»War wohl zu viel Bier gestern?« Vincent lachte.

»Ja, kann sein. Mir ist etwas flau im Magen.«

»Ist es wirklich nur das?«

»Ja, ich denke mir geht es morgen wieder besser.«

»Okay. Aber wenn etwas ist, dann meldest du dich, ja?«

»Na klar. Bis morgen, Vincent.«

»Ich werde dich dann beim Professor entschuldigen«, sagte Vincent abschließend.

»Danke. Bis dann«, antwortete Stephan und drückte auf die rote Taste. Er legte sich zurück in das noch warme Bett und zog die Decke hoch bis unter das Kinn. Sein Kopf fühlte sich furchtbar schwer an. Er war so müde, dass es nicht lange dauerte, bis er wieder in den Schlaf fiel.

»Ich darf kein OBE machen. Ich darf kein OBE machen. Ich darf kein ....«, murmelte er mit geschlossenen Augen. Dann fühlte er abermals diese Schwerelosigkeit, das Vibrieren, die Geräusche und das Glockenläuten. Im nächsten Augenblick stand seine Seele neben dem Bett. Stephan sah sich in seinem Schlafzimmer um, diesmal hatte er keine Lust wieder unter das Bett zu schauen, um Gespenster oder etwas Ähnliches zu entdecken. Er erinnerte sich an das gelesene Buch, in dem erklärt wurde, wie er zu anderen Orten gelangen konnte. Man musste sich nur irgendeinen Ort bildlich vorstellen und würde sich augenblicklich dort befinden. Das Problem dabei war, in der Phase des Halbschlafes zu verweilen und nicht richtig einzuschlafen. Das hinderte die meisten daran, es auf die andere Seite zu schaffen. Mit der Hoffnung, jenseits würden sich viele schöne Dinge und Orte befinden, fing er an vor sich hinzuträumen. Sein Wunsch war, etwas Schönes zu sehen. Stephans Gedanken wanderten zu einer Wiese mit vielen Blumen, als er seine Augen schloss.

Auf einmal hörte er Vogelgezwitscher und roch den Duft von Blumen. Als er die Augen öffnete, war Stephan hin und weg. Traumhaft waren die vielen bunten Blüten auf der Wiese und faszinierend der Gesang der Vögel, die in den Bäumen des Waldes hinter der Wiese saßen. Er sah hinter sich, um sich zu vergewissern, dass seine Silberschnur noch da war. Die Schnur, die seine Seele mit dem Körper verbindet. »*Sie ist noch da*«, dachte er erleichtert. Silberglänzend, wie feine Nähte aus Seide. Fest und trotzdem so sanft aussehend. Das war sein Leben. Die Schnur, die seine Seele und seinen Körper miteinander verband.

Stephan setzte sich mitten in die Wiese, zwischen die vielen Blumen in den unterschiedlichsten Farben, und atmete tief durch. Er saugte die frische Luft des Waldes ein und fühlte sich, als hätte er einen Joint geraucht. Es war sehr berauschend. Nachdem er sich in das weiche Gras fallen gelassen hatte, sah er in den hellblauen Himmel und beobachtete die Vögel, die über ihm kreisten. Wassergeplätscher erregte seine Aufmerksamkeit. Er stand auf und begab sich langsam in die Richtung, aus der das Geräusch kam. Stephan durchlief eine Blumenwiese, in der die Blüten in verschiedenen Farben leuchteten. Schließlich kam er auf eine Brücke zu, die einen Bach überquerte. Sie bestand aus dunklem Holz, sehr spröde und löchern. Dunkle Bretter bildeten den leicht gewölbten Boden, die Brüstung und das Dach. Früher war das sicherlich eine schöne, kleine Brücke gewesen, die für romantische Momente genau passend war. Stephan blieb davor stehen und bewunderte den schönen Ort.

Auf der anderen Seite der Holzbrücke sah er einen Mann stehen, zumindest wirkte die Silhouette aus der Entfernung eher männlich. Der große, schlanke Mann hatte einen dunklen Anzug an. Auf dem Kopf erkannte Stephan einen Hut. Es war der Hut seines Vaters. Sein Dad hatte zu Lebzeiten immer einen Hut auf gehabt, wenn er das Haus verließ. Zu der damaligen Zeit, dachte Stephan immer, er wollte seine spröde Kopfbehaarung verstecken. Später wurde es ihm jedoch klar, dass sein Vater nur aus reiner Gewohnheit den Hut aufsetzte. Jetzt war sein Blick nur noch auf die Person gerichtet. Langsam, einen Fuß vor den anderen setzend, überquerte Stephan die Brücke und blieb zwei Meter vor seinem Vater stehen.

»Was machst Du denn hier?«,fragte er zaghaft.

Sein Vater sah in Stephans Richtung, jedoch nicht direkt seinen Sohn an. Er guckte durch ihn hindurch. Diese leeren, dunklen Augen waren ausdruckslos. Zwei Punkte im Gesicht eines alten Mannes. Nichtssagend. Der Rest seines Gesichts, außer der Augen, wirkte unscharf. Konturlos. Der Hut, der sich auf dem Kopf befand, war ebenso verwaschen wie die Bäume, die sich hinter dem Mann befanden. Die graugrüne Linie, die sich um seinen Kopf gebildet hatte, wurde immer unschärfer und größer, je länger Stephan hinschaute.

»Vater, sag was. Ich bin es, Steph«, versuchte er es

diesmal etwas lauter.

Immer noch keine Antwort. Der Mann starrte weiterhin in Stephans Richtung und bewegte sich keinen Millimeter. Die Lippen oder besser gesagt der dunkle Fleck im Gesicht, der die Lippen bilden sollte, zuckte. Stephans Vater lächelte. Die Mundwinkel bewegten sich ein wenig nach oben. Nicht besonders viel, aber man konnte es erkennen. Es war allerdings kein freundliches Lächeln. Kein Lächeln aus Freude, seinen Sohn zu sehen. Das alles war es nicht. Der Mann lächelte spöttisch und böse. Das Gesicht wurde zu einer Grimasse, die so aufgesetzt und künstlich wie eine Maske wirkte.

»Warum lachst du so? Freust du dich denn nicht, mich zu sehen?« Stephan sank nun auf die Knie und fing an zu weinen. Er war verzweifelt, enttäuscht und wollte seinen Vater doch so gerne umarmen. Ihm war es unbegreiflich, warum der alte Mann, der einst sein Vater gewesen war, ihn ignorierte und auslachte. Früher hatte er Stephan geliebt und war immer für ihn da. Damals lebte er bei seinem Vater, nach der Trennung seiner Eltern.

Sein Weinen ging in Hysterie über und durchschüttelte seinen Oberkörper. Er wollte wieder zurück. Das konnte er nicht länger ertragen. Sein Vater, den er einst so sehr geliebt hatte, war zu einem Monster geworden. So wollte er ihm nicht wieder begegnen. Nicht so! Er wollte zurück in seine Wohnung. In sein Bett.

»Beweg die Zehen. Beweg die Zehen, so wie es im Buch stand.

Wenn Du zurückwillst, dann bewege die Zehen ...« Die Gedanken halfen ihm, wieder dorthin zurückzukehren, wo sich sein Körper befand. Das geschah innerhalb von einer Sekunde. Sein Körper wurde zurück katapultiert. Immer noch weinend, setzte sich Stephan im Bett aufrecht hin und war froh, wieder daheim zu sein. Weg von diesem Ort, an dem sich sein Vater befand. Während er an seinen Schreibtisch ging, rieb er sich seine Augen trocken. Das einzige Foto im silbernen Rahmen, das dort stand, nahm er in die Hand und begann erneut zu weinen. Er wischte sich mit dem Handrücken über die Augen, um das Bild erkennen zu können. Lange konnte er es nicht angucken. Sein Vater in einem Sessel sitzend, Stephan in seinem Schoß, lächelnd mit einem großen Geschenk in den Händen. Den Weihnachtsbaum im Hintergrund hatten sie zusammen am Vorabend geschmückt. Seinen Vater darauf zu betrachten, war für ihn sehr schmerzhaft. Bald musste er seinen Blick wieder abwenden, da sich seine Augen erneut mit Tränen füllten.

Sein Vater verließ ihn, als dieser 12 Jahre alt war. Er hatte sich im Badezimmer erhängt, während er in der Schule war. Es war bekannt, dass er unter Depressionen und einem Alkoholproblem gelitten hatte. Stephan vermisste seinen Vater immer noch, ganz besonders hatte er ihm während der Pubertät gefehlt. In der Zeit holten sich seine Freunde Tipps im Bezug auf Mädchen bei ihren Vätern, ihm war es damals nicht möglich. Vincent teilte damals das gleiche Schicksal wie Stephan. Dieser Umstand schweißte sie enorm zusammen.

»Vater. Ich liebe dich!« Stephan legte das Bild wieder zurück auf seinen Platz und legte seinen Kopf auf den Schreibtisch. Ein Schluchzen durchfuhr seinen Körper.

Am nächsten Morgen wartete Vincent wie üblich Zuhause auf seinen Freund. Er hoffte, dass es Stephan besser ginge, nachdem er einen Tag zu Hause geblieben war. Als er zu der gewohnten Zeit immer noch nicht erschienen war, beschloss Vincent, bei ihm anzurufen. Er ließ es mehrmals läuten, legte wieder auf, probierte es nochmals. Ohne Erfolg. Nachdem er schon seine Schuhe angezogen hatte, versuchte er es aufs Neue. Auch diesmal ging Stephan nicht ran. Schließlich verließ Vincent die Wohnung und fuhr alleine in die Uni. Er war froh darüber, dass Stephan das Auto vor zwei Tagen bei ihm stehen gelassen hatte. So war es ihm möglich, gestern und heute damit zur Uni zu fahren. Er machte sich Sorgen um seinen besten Freund. Grippe konnte es ja nicht sein. Am Telefon klang Stephan gestern gesund, gar nicht verschnupft oder heiser. Wenn es am Alkohol lag, dann musste es ihm mittlerweile wieder gut gehen. Er konnte sich keinen Reim darauf machen. Als er gedankenverloren aus dem Wagen ausgestiegen war, erblickte er Thomas, der ihn bereits erwartete.

»Morgen. Ist Stephan immer noch krank?« Er war sehr verwundert, als er nur Vincent auf sich zukommen sah.

»Anscheinend. Er ist heute früh nicht zu mir gekommen.«

»Hat er nicht angerufen?«, fragte Thomas.

»Nein. Hat er nicht. Eigentlich überhaupt nicht seine Art.«

»Seltsam.«

»Ja, sehr seltsam. Er ruft immer an, wenn etwas ist.« Vincent überlegte kurz, ob es schon mal den Fall gab, indem Stephan sich nicht gemeldet hatte.

»Vielleicht hat er verschlafen«, stellte Thomas fest.

»Ja, möglich. Aber ich habe so oft bei ihm angerufen. Davon wäre er wach geworden.«

»Hmmm.« Thomas reagierte knapp. Ihm fiel nichts mehr dazu ein.

»Was hältst du davon, wenn wir heute Nachmittag bei ihm vorbei fahren?« Er musste einfach später nach dem Rechten sehen, ob mit Thomas oder ohne.

»Gute Idee. Ich bin um drei mit meiner letzten Vorlesung fertig. Und du?«

»Ich habe um vierzehn Uhr Schluss. Werde dann auf dich beim Auto warten.«

»Super«, erwiderte Thomas und verabschiedete sich recht schnell von Vincent. Auch wenn er mit Stephan nicht so gut befreundet war, machte er sich trotzdem Sorgen.

Thomas bog nach der Eingangshalle in den linken Gang ab, Vincent zu seinen Schulungsräumen nach rechts. Voller Ungeduld wartete er auf den Nachmittag. Während der Vorlesungen fiel es ihm sehr schwer, sich zu konzentrieren. Die Stunden vergingen unglaublich langsam. Er sah alle paar Minuten auf seine Armbanduhr. Vincent war einer der besten Studenten dieses Studiengangs, trotzdem konnte er heute nichts Zustande bringen. Seine Gedanken kreisten die ganze Zeit um Stephan und er hoffte, dass mit ihm alles in Ordnung war. Er war froh, dass Thomas heute mit ihm hinfahren würde. Zu zweit würden sie es schon schaffen, ihm wieder auf die Beine zu helfen. Das Gefühl, dass irgendetwas nicht stimmte, konnte er nicht loswerden. Dabei war er sich eigentlich sicher, dass Stephan gar nicht krank war. Es musste etwas anderes sein. Seine Gedanken wollten nicht zur Ruhe kommen und er konnte das Ende der heutigen Vorlesungen kaum noch abwarten.

Kapitel 7

Stephan döste noch, als es an der Tür klingelte. *»Ist bestimmt Werbung«*, dachte er und machte die Augen wieder zu. Es läutete erneut, aber diesmal viel stürmischer. Jetzt war er sicher, dass es sich nur um einen seiner Freunde handeln konnte. Wahrscheinlich Vincent, dem Klingeln nach zu urteilen. Eigentlich hatte er keine Lust auf eine Unterhaltung, dafür war er viel zu aufgewühlt. Doch wie er seinen Freund kannte, würde dieser nicht so schnell aufgeben. Deshalb stand er auf und ging zur Tür, um den Drücker zu betätigen. Vincent und Thomas waren bereits ins Haus gelangt und warteten vor seiner Haustür. Sie klopften an.

»Kommt rein«, sagte Stephan müde und verschwand im Wohnzimmer, während Vincent und Thomas ihm folgten.

»Was ist denn mit dir los?«, fragte Vincent, als er sich in den Sessel plumpsen ließ. Stephan hatte diesen vor drei Jahren von seiner Oma geerbt. Das Blümchenmuster störte ihn jedoch nicht. Stephans Gesicht war blass und die Augenringe verrieten die schlaflose Nacht, die er hinter sich hatte. Er fühlte sich noch nicht dazu bereit, über die letzte Nacht mit seinem Freund zu sprechen. Er war traurig darüber, seinen Vater so gesehen zu haben und wusste nicht, wie er damit umgehen sollte. Gleichzeitig hatte er Angst, mit Vincent darüber zu sprechen, denn er wusste, dass er seine Tränen dann nicht zurückhalten könnte. Er wollte nicht schwach sein.

»Was soll denn schon sein? Mir geht es nicht besonders gut. Wahrscheinlich bekomme ich Grippe oder so was.« Stephan schlüpfte in eine Jogginghose. Nur in der Unterhose wurde es ihm etwas zu kalt.

»Für mich sieht es keinesfalls nach Grippe aus. Gestern dachte ich noch, das viele Bier wäre daran schuld, dass es dir nicht gut geht, aber heute? Jetzt sag schon! Was ist denn los?« Vincent blieb hartnäckig. Stephan schaute seinen Freund ganz lange an und schielte nur kurz in Richtung Thomas, der es sich auf dem Schreibtischstuhl gemütlich gemacht und bisher keinen Ton gesagt hatte. Stephan schaute erneut zu Vincent rüber und wirkte dabei sehr angespannt. Seine Beine fingen unerwartet an, zu zittern und er war unentschlossen, was er mit seinen Händen anstellen sollte. Sie zuckten unruhig hin und her.

»Ich habe es nicht mehr unter Kontrolle!«, brach es aus Stephan heraus.

»Was meinst du damit?« Vincent setzte sich aufrecht hin und ballte seine Fäuste. Seine Anspannung war nicht zu übersehen.

Stephan ging nun ans Fenster und starrte hinaus, bevor er weiter sprach. Er drehte dabei seinen Freunden den Rücken zu und ließ die Hände in den Taschen seiner Jogginghose verschwinden.

»Ich meinte damit, dass ich aus meinem Körper austrete, ohne es zu wollen. Selbst wenn ich mir ganz fest vornehme, keine Seelenreise zu machen, passiert es trotzdem. Es geschieht mittlerweile automatisch.

Ich sehe ständig irgendwelche Schatten, vermutlich Geister oder Seelen. Während einer Reise, an einem Ort, habe ich sogar meinen Vater getroffen, der keinen Wert drauf legte, mit mir zu reden. Im Gegenteil, er wirkte so gefühlskalt. Früher, als er noch lebte, war er der beste und liebevollste Vater, den man sich vorstellen konnte.«

»Deinen Vater?«, murmelte Thomas überrascht.

Stephan drehte sich vom Fenster weg und sah Vincent an. »Er lachte mich aus und sein Gesicht war dabei zu einer Fratze verzerrt.« Beim letzten Satz zitterte sein Kinn. Er kämpfte deutlich dagegen an, jedoch erfolglos. Schließlich sank er in sich zusammen und rutschte an der Wand herunter. Anschließend drückte er die Handflächen auf sein Gesicht und fing an, zu schluchzen. Vincent sprang sofort auf und eilte zu ihm. Er drückte Stephan fest an sich und wurde durch dessen Zittern angesteckt. Die Angst in Stephans Augen erschreckte Vincent. Diesen Gesichtsausdruck sah er bei ihm zum ersten Mal.

»Ja, mein Vater«, antwortete er.

»Wir müssen mit dem Experiment aufhören«, flüsterte Vincent. Das wäre im Moment für Stephan und auch für ihn das Beste. Vincent wollte nicht, dass Stephan noch mehr von diesen negativen Erfahrungen machte und seinetwegen war auch er bereit, sich mit dieser Thematik nicht mehr zu beschäftigen.

»Das finde ich auch«, ließ Thomas leise verlauten. Bisher saß er ganz still da und beobachtete nur das Geschehen.

»Ich fürchte, es ist zu spät. Das kann ich nicht mehr kontrollieren. Das Tor zu dieser dunklen Welt ist geöffnet!« Stephan schaute Vincent direkt in die Augen, als er das sagte. Die Verzweiflung war deutlich erkennbar und spiegelte den Ernst der Lage wieder. Vincent nahm Stephan in die Arme und drückte seinen Freund an sich. Es dauerte eine Weile, bis Stephan sich aus der Umarmung löste, aufstand und wieder zum Fenster hinaus starrte.

»Oh Mann, ihr müsst diesen Mist beenden. So geht es wirklich nicht weiter!« Thomas stand nun in der Mitte des Zimmers. »Es wird gefährlich, wenn ihr das weiter macht.« In dem Moment musste Thomas an die Nacht denken, in der er alleine nach Hause gelaufen war und er sich beinahe, vor lauter Angst, in die Hosen gemacht hätte.

»Thomas, was ist denn mit dir los? Du glaubst doch nicht etwa daran?« Vincent kam auf ihn zu und war sehr über diese Reaktion verwundert. Er wollte ihn mit dieser Bemerkung aufziehen.

»Eigentlich nicht, aber es macht mir trotzdem Angst. Was ihr da erzählt, hört sich nicht mehr normal an. Bitte, hört auf damit.« Thomas nahm wieder auf dem Stuhl Platz und schaute auf den Teppichboden. In dem Moment drehte sich Stephan mit dem Rücken zum Fenster, sah ihn an, danach Vincent und als er erneut zu Thomas blickte, schüttelte er seinen Kopf. Seine Augen glänzten in dem schwachen Licht des Zimmers.

»So einfach ist das nicht mehr. Man kann nicht aufhören!«, schluchzte Stephan.

Thomas wusste nicht, was er dazu sagen sollte, er starrte noch einige weitere Minuten auf den Boden und verabschiedete sich letztendlich ohne weitere Erklärungen. Er hatte genug von dem grausigen Thema. Damit wollte er nichts mehr zu tun haben und auch absolut keine weiteren Informationen dazu erhalten. Er hatte den Wunsch, wieder ohne Albträume zu schlafen und das konnte er nicht, wenn er dauernd etwas über Geister und Seelen hörte.

Vincent blieb noch eine Stunde bei Stephan, um ihn noch ein wenig aufzubauen, was fast ein Ding der Unmöglichkeit war. Schließlich ging er nach Hause, um anschließend für den morgigen Tag lernen zu können, was ihm nicht wirklich gelingen wollte. Er hatte zu sehr Angst um seinen Freund und war ständig am überlegen, was er tun konnte, um die Lage zu ändern. Er wollte ihn nicht mehr so verloren sehen, so verzweifelt und ängstlich. Seine Gedanken kreisten um Stephan und so gab er für heute nach wenigen Minuten mit dem Lernen auf. Es hatte sowieso keinen Sinn.

Kapitel 8

Stephan empfand es als Erleichterung, wieder alleine in seinen vier Wänden zu sein. Nachdem er sich ein paar Brote geschmiert hatte, schaltete er den Fernseher ein und nahm sich fest vor, heute nicht schlafen zu gehen. Er hatte Angst und wollte die ganze Nacht aufbleiben, um nicht wieder eine Reise ins Ungewisse zu unternehmen. Sein Wille, sich gegen die unbekannten Mächte zu stellen, war beschlossene Sache, obwohl er sehr verunsichert war. Schließlich wurde er doch fündig. Er bemerkte, dass ein toller Actionfilm ausgestrahlt wurde, den er vor einem Jahr im Kino verpasst hatte. Darüber freute er sich.

Damals wollte er mit Vincent einen trinken gehen und anschließend im Kino diesen Film in einer Nachtvorstellung ansehen. In der Kneipe lernten sie zwei Frauen kennen und verzichteten auf den Film. Die Chance, nette Mädels kennenzulernen, wollten sie sich nicht entgehen lassen. Der Film lief nicht davon und konnte ein anderes Mal angesehen werden. Irgendwie hatten sie es doch nicht mehr ins Kino geschafft, bis der Film schließlich nicht mehr gezeigt wurde. Eigentlich schade, dachte er. Stephan ließ den Abend von damals Revue passieren. Es war ein toller, langer Abend und sie hatten sehr viel Spaß. Die zwei attraktiven Frauen waren allerdings nur etwas für eine Nacht. Mit Vincent hatte er sich bei einem gemütlichen Abend schon mehrmals an diese Nacht erinnert, was meistens in lautem Gelächter endete. Diese

Nacht war ein Desaster. Die Mädels waren Zwillinge und hatten den ganzen Abend, Vincent und Stephan, nach Strich und Faden verarscht. Als er an damals zurück dachte, vergaß er den Film gänzlich.

In dem warmen, alten Sessel umhüllte ihn die Müdigkeit, seine Augenlider fühlten sich an wie Blei. Er versuchte dagegen anzukämpfen, aber es fiel ihm immer schwerer, die Augen offen zu halten. Als er sich im Halbschlaf befand, knickte sein Kopf nach vorne und das Kinn blieb auf der Brust liegen. Vibrationen durchschüttelten seinen Körper. Nachdem er sich aus dem Sessel erhob, sah er sich weiterhin dort sitzen. In dem Moment wurde ihm klar, dass seine Seele den Körper verlassen hatte. Stephan war verwundert, wie lustig er in dieser Stellung aussah, in der er da schlief. Er hatte keine Zeit, um sich umzusehen, denn er wurde augenblicklich in eine große Stadt transformiert. Darüber war er sehr erstaunt, denn eigentlich hatte er nicht darüber nachgedacht. Die Stadt war so dunkel und düster, dass er das Gefühl bekam, als würden sich ihm alle Härchen auf dem Rücken aufstellen. Die Luft war frostig, aber er fror nicht. Wenn er ausatmete, sah man in der Luft seinen warmen Atem. Obwohl über allem ein feiner Nebel lag, konnte er alles gut erkennen. Dieser Ort bestand nur aus alten, baufälligen, grauen Gebäuden. Keine Spur von Bäumen oder etwas Natur. Hin und wieder verschwand ein Schatten hinter einem Gebäude oder in deren Eingangstüren. Stephan machte einen Schritt zurück, als ihm bewusst wurde, dass er hier nicht alleine war. Er konnte in diesen grauen, schattenhaften Konturen, die ihn beobachteten, keine Gesichter erkennen. Vielleicht weil sie viel zu weit weg waren. Noch während er sich das fragte, ahnte er die Antwort bereits. Es gab keine Gesichter. Stattdessen gab es nur diese dunklen Umrisse. Die Kreaturen liefen umher wie dunkelgraue Flecken. Deren Silhouetten waren wie bei seinem Vater verwaschen und undeutlich. Auf der anderen Straßenseite blieb einer der Schatten stehen und es machte den Eindruck, als würde er in Stephans Richtung schauen, obwohl keine Augen erkennbar waren. Stephan nahm all seinen Mut zusammen, ging ein paar Schritte auf dieses Wesen zu und stellte verblüfft fest, dass sich der Abstand zu der Gestalt nicht verändert hatte. Der Schatten blieb so weit von ihm entfernt wie vorher, als hätte jemand ein Maßband zwischen ihm und diesem *Ding* gespannt.

»Wer bist du?« Es gab keine Antwort auf diese Frage, die schon beinahe einem Flüstern glich. Stephan versuchte es noch mal etwas lauter. »Wer bist du?« Auch diesmal keinerlei Reaktion. Die Erscheinung stand da wie zuvor, in seine Richtung schauend. Diese Kreatur bewegte sich kein bisschen. Er wollte sich schon abwenden, als die Augen der Gestalt aufleuchteten. Sie sah so unnatürlich aus, als hätte jemand zwei kleine Glühbirnen rein gedreht, an der Stelle, an der sich die Augen hätten befinden sollen. Die dunkle Kreatur setzte sich plötzlich in Bewegung. Sie bewegte sich nicht wie ein ganz normaler Mensch, einen Fuß vor dem anderen setzend. Der Schatten schwebte einige

Millimeter über dem Boden. Je näher es sich in seine Richtung bewegte, desto heller brannten die zwei Glühbirnen in den Augenhöhlen. Er kam immer näher auf Stephan zu und als man auch die weißen, gebleckten Zähne sah, fing Stephan an zu rennen. Er lief so schnell er konnte, an den grauen Fassaden entlang. Jedes Gebäude, das er passierte, sah genauso aus wie das, welches er eben hinter sich gelassen hatte. Nur graue Wände und sonst nichts. Er konnte es kaum glauben, als er eine Kneipe entdeckte. Sie befand sich an der Ecke eines großen, grauen Wohnblocks. Sofort änderte er seinen Kurs und lief in die Kneipe hinein. Er blieb direkt in der Tür stehen und sah sich erst einmal um. Die Gestalten, die sich hier aufhielten, sahen wie ganz normale Menschen aus. Viele standen in der Gegend herum und unterhielten sich. Einige saßen in Gesellschaft an einem Tisch. Die einzelnen Personen, die scheinbar alleine hier waren, belagerten den langen Tresen. Die Einrichtung aus dunklem Holz schaute einladend aus und wenn es solch eine Kneipe bei ihm um die Ecke gegeben hätte, dann wäre sie mit Sicherheit zur Stammkneipe für ihn und Vincent geworden. Die Schenke war sehr gut besucht und Stephan nahm an dem einzigen Hocker an der Theke Platz, der noch frei zu sein schien.

»Neu hier?« Er zuckte zusammen, als ihn der Mann rechts neben ihm unerwartet ansprach und sich ihm zudrehte.

»Hast du mich erschreckt!« Stephan war erleichtert, als er sah, dass ihn ein ganz normaler Mensch angesprochen hatte und wandte sich dem Mann neben ihm zu. »Was machst du denn hier?«

»Vermutlich das Gleiche wie du? Ein gemütlicher Abend, ein paar Bier, sonst nichts.« Der Fremde grinste und trank anschließend aus seinem Bierkrug. »Willst du auch eins?«

»Ja, gerne. Ich habe aber kein Geld dabei.« Stephan fragte sich, wie er ein Bier bestellen sollte, da keine Bedienung hinter der Theke zu sehen war. Eigentlich befand sich gar nichts dahinter, auch keine Flaschen oder Gläser. Nur ein paar alte Bilder schmückten die Wand, die er jetzt betrachtete. Sie waren nichtssagend. Unterschiedlich breite Striche und Tupfer in verschiedenen Grautönen. Selbst da war keine Farbe erkennbar, was zu der gesamten Umgebung allerdings gut passte.

Der Fremde lachte wieder. »Du brauchst doch hier kein Geld. Denke dir das, was du möchten, und schon ist es da. Wünsche dir ein Bier! So einfach ist das.« Stephan sah den Fremden verdutzt an. Kaum dachte er an ein kühles Bier, stand es auch schon vor ihm. Er betrachtete es erstaunt und kostete das Bier sogleich aus seinem Krug. Über den ganz normalen Geschmack, den er vom Bier Zuhause kannte, war er verwundert. Eigentlich hatte er erwartet, dass es anders schmeckte oder vielleicht nach gar nichts, an diesem seltsamen Ort. Womöglich war es sogar etwas besser, weil es mehr seinen Vorstellungen entsprach und auch schön kühl war, was man manchmal in der Gastwirtschaft um die Ecke nicht bekam. Der Ort fing an, Stephan zu gefallen. Er guckte an dem Tresen entlang, nach links und dann nach rechts, und konnte nur ganz normal aussehende Menschen erkennen. Es waren verschiedene Altersklassen anwesend. Den jüngsten Mann hier schätzte er auf sechzehn, vielleicht auch fünfzehn. Aber heutzutage konnte man sich so schnell täuschen. Bei der am ältesten aussehenden Person handelte es sich um eine Frau, die bestimmt schon über achtzig war. Die Männer waren in der Überzahl. Darüber war Stephan verwundert. Er dachte eher, dass sich mehr Frauen für übersinnliche und spirituelle Dinge interessierten. Stephan fand seine Beobachtung interessant, lächelte schließlich und schaute seinen Thekennachbarn wieder an.

»Seit wann machst du denn schon OBE?«, fragte Stephan, als er ein paar weitere kräftige Schlucke von seinem Bier getrunken hatte.

»OBE? Was meinst du damit?«, der Fremde strich sich über seinen langen Bart.

»Out of Body Experience. Außerkörperliche Erfahrung. Wie nennst du es denn sonst?«

»Oh, das meinst du. Keine Ahnung. Schon lange, es werden sicherlich vier oder fünf Jahre vergangen sein, seit ich damit angefangen hatte.«

»So lange wie du werde ich das bestimmt nicht machen. Mir reicht jetzt schon, was ich gesehen habe. Die ganzen seltsamen Gestalten da draußen. Was sind denn das für welche?«

»Du meinst vermutlich die Verlorenen? Ich merke schon, du hast keine Ahnung, oder?«

»Nein, nicht wirklich. Ich bin Anfänger«, sagte Stephan grinsend. »Erkläre es mir. Was sind die … Verlorenen?« Stephan trank sein Bier leer und dachte sich ein neues, welches sofort vor ihm erschien. Im selben Moment verschwand der leere Krug.

»Das ist eigentlich eine einfache Sache.« Der Fremde trank einen Schluck, bevor er weiter sprach. »Die Verlorenen haben nach dem Tod den richtigen Weg nicht gefunden und sind hier gelandet. Eine Zwischenebene. Sie irren umher und suchen einen Ausgang. Manchmal schaffen sie es doch noch, von hier wegzukommen. Wo es dann hingeht? Keine Ahnung. Es wird bestimmt so was wie Himmel und Hölle geben. Man sagt, dass die meisten, die diesen Weg nicht gefunden haben, Selbstmörder waren.« Jetzt wurde Stephan klar, warum er seinen Vater getroffen hatte. Als sein Vater sich damals erhängte, tat er dies nur, weil er keinen anderen Ausweg für sich sah. Er war krank, Alkoholiker und psychisch labil. Während einer Psychose hatte er sich umgebracht, so sagten es damals die Ärzte. Stephan merkte, wie schnell auf einmal sein Herz klopfte und wie traurig es ihn stimmte, dies zu erfahren. Es tat ihm um seinen Vater leid und er würde ihm so gerne helfen, wenn er es könnte. Er hoffte, dass sein Dad den Ausgang irgendwann finden würde und in den Himmel käme oder an einen anderen bunten, fröhlichen Ort. Dies hier war kein Platz für ihn, das hatte er nicht verdient. Stephan verweilte in seinen Gedanken.

Der Fremde nippte wieder an seinem Bier, bevor er

weiter sprach. »Dann gibt es noch die, die nicht wirklich gestorben sind und hier bleiben müssen, weil sie nicht mehr zurückkönnen. Das sind diejenigen, deren Schnüre durchtrennt oder deren Körper besetzt wurden.«

Stephan versuchte erst zu verstehen, bevor er weiter sprach. Wenn es so war, wie er das verstanden hatte, dann stimmten auch die Warnungen in den Büchern, die er zu dem Thema gelesen hatte.

»Besetzt? Ich habe darüber gelesen, aber es stand nirgendwo, von wem der Körper besetzt werden kann.«

»Natürlich durch die Verlorenen. Sie suchen sich ja wieder einen neuen Körper, weil sie zurück unter die Lebenden wollen. Es ist wie ein Kreislauf. Aber je länger die Seele hier bleibt, weil sie nicht mehr zurück kann, desto mehr verändert sie sich auch. Die Gefühle verschwinden, man wird kalt und böse. Was meinst du denn, warum es so viele böse Menschen auf der Erde gibt? Einige davon wurden vermutlich besetzt«, lachte der Fremde laut. Er fand es witzig, aber Stephan war nicht nach Lachen zumute. Er konnte sich gut vorstellen, was ihm der Fremde erzählt hatte und bekam wieder Angst. Eine letzte Frage wollte er noch stellen und dann wieder von hier verschwinden. Noch länger hatte er nicht vor, hier zu verbleiben und das Risiko einzugehen, irgendwie besetzt zu werden.

»Kannst du mir sagen, wo sich der Kern des Ganzen befindet? Das Zentrum? Wo ist es und wie kann ich da hinkommen?« Auf die Antwort war er schon so sehr gespannt, dass er auf dem Barhocker begann hin und her zu rutschen.

»Ja … Ich muss jetzt wieder verschwinden. Man sieht sich.« Blitzschnell verschwand der Fremde und hinterließ nur seinen leeren Bierkrug. Stephans Enttäuschung konnte man in seinem Gesicht erkennen. So kurz vor seiner heiß ersehnten Antwort verschwand der Fremde einfach und ließ ihn sitzen. Stephan versuchte zu verstehen, warum der Fremde es auf einmal so eilig hatte. Vielleicht wollte er nichts darüber verraten? Aber er war doch auch nur Besucher hier und musste doch nichts beschützen. Ihm wurde wieder klar, dass er sich schnellstens auf den Nachhauseweg machen musste. Viel zu lange war er schon hier geblieben. Folglich konzentrierte er sich auf seine große Zehe, die er bewegen sollte. Seine ganze Konzentration lenkte er darauf. Die Zehe wackelte immer noch hin und her, als er im Sessel zusammen zuckte, die Augen öffnete und feststellte, dass der Actionfilm erst seit fünfzehn Minuten lief. Er sah sich den Film weiter an, dabei dachte er aber immer noch an das, was er vorhin erfahren hatte, sodass er nicht wirklich viel von dem Film mitbekam. Das musste er morgen Vincent erzählen. All das brannte ihm so sehr auf der Seele. Er musste mit jemandem darüber reden und der einzig mögliche Zuhörer, war sein bester Freund.

Nach dem Film ging er doch in sein Bett, da er nicht glaubte, zweimal in derselben Nacht ein OBE Erlebnis zu haben. Damit sollte er auch recht behalten. Er war so müde, dass er sofort in einen Tiefschlaf fiel.

Kapitel 9

Als der Wecker klingelte, war Stephan innerhalb von Sekunden auf den Beinen. Er zog sich rasch Jeans und ein T-Shirt an, eilte die Treppe runter und lief schnell zu Vincent, um ihm das Neueste zu erzählen. Die Traurigkeit vom Vortag war vergessen. Als die Tür unten aufgedrückt wurde, sprintete er in den ihm verhassten fünften Stock. Außer Puste klopfte er an der Tür, die sich sofort öffnete. Stephan ging rein und ließ sich auf das Sofa plumpsen.

»Was ist denn los, Stephan?« Vincent war erfreut, als er sah, wie gut gelaunt sein Freund an diesem Morgen war und vor allem, dass es ihm anscheinend wieder gut ging.

»Du wirst mir nicht glauben, was heute Nacht passiert ist.«

»Du hattest wieder OBE?«, erriet Vincent, ohne sich sehr viele Gedanken machen zu müssen.

»Ja und stell dir mal vor, ich habe einen anderen Menschen dort getroffen. Der Typ macht auch OBE und ich habe ihn in einer Kneipe kennengelernt.«

»Aber wir wollten doch damit aufhören. Moment ... Was? Was für einen anderen Menschen?«

»Ja, einen Mann. Es gab diese Kneipe und dort waren ganz viele Menschen. So wie du und ich. Und mit einem habe ich mich unterhalten. Es war so geil, Vincent!«

Auch wenn Vincent Stephan bisher nur halbherzig zugehört hatte, änderte sich das in diesem Moment.

Er drehte sich zu ihm und öffnete seinen Mund einen Spalt, als würde er etwas sagen wollen. In dem Augenblick war er nicht einmal in der Lage zu zwinkern.

»Hat es dir die Sprache verschlagen?«, fragte nun Stephan, als er sah, dass Vincent wie versteinert da stand. So erlebte er ihn selten.

»Das ist jetzt nicht dein Ernst? Du willst mich doch verarschen?« Jetzt lachte Vincent ganz laut, denn er war sicher, dass es nur so sein konnte. Stephan wollte ihn sicherlich auf den Arm nehmen. Er hat noch nie davon gehört, dass man einen anderen, fremden Menschen beim OBE treffen konnte. Nur wenn man sich konkret an einem Ort verabredet hatte, war dies möglich. Zumindest ging Vincent bisher davon aus.

»Nein, will ich nicht! Ich weiß, wie absurd das klingt. Ich habe bisher auch nicht davon gelesen, dass es möglich ist, aber wir kennen ja auch nicht sämtliche Literatur zu diesem Thema. Tatsache ist aber, dass ich einen anderen Menschen dort in einer Kneipe getroffen habe.« Stephan war außer sich, dass sein Freund ihm nicht glauben wollte. »Wirst es schon noch sehen, wenn du selbst die Erfahrung machst.« Nun stand er auf und ging zum Flur hinaus, als er sah, dass Vincent sich bereits seine Schuhe zuschnürte.

»Komm, gehen wir. Ich muss das erst mal sacken lassen.« Vincent musste darüber nachdenken, was ihm Stephan erzählt hatte. Er nahm sich vor, sich in der ersten Vorlesung, die sowieso wie jeden Donnerstag langweilig sein würde, dafür Zeit zu nehmen. Das

Einzige, was er machen konnte, war, es selbst herauszufinden. Dies hatte er in den letzten Wochen oder auch Monaten vernachlässigt. Heute Nacht würde er wieder weiter üben. Auch überlegte er, ob er nach den Geschichten, die Stephan erzählt hatte, wirklich weiter machen sollte. Es war ja nicht alles schön und spannend. Er hatte nicht wirklich Lust drauf, auch von Geistern verfolgt zu werden. Kneipe ja und Geister nein? Entweder, oder! Er musste dieses Risiko eingehen. Seine Neugier war groß und er würde gerne die Erfahrung mit Stephan teilen. Beide hatten vor, es gemeinsam durchzuziehen und deshalb konnte er Stephan jetzt nicht im Stich lassen. Er musste es weiter üben, auch wenn seine bisherigen Versuche erfolglos geblieben waren.

So nahm sich Vincent vor, heute Nacht seine Übungen weiterzuführen und selbst, wenn es die ganze Nacht dauern sollte. Er wollte Stephan unbedingt überraschen.

Als Stephan heute am späten Nachmittag zu Hause ankam, fühlte er sich sehr müde. Nur am Donnerstag wurde ein derart trockener Stoff vermittelt, dass die meisten Studenten regelmäßig schwänzten. Hinzu kam die Tatsache, dass er von Vincent enttäuscht war, was diesen Tag umso grauenhafter machte. Sein Freund ließ sich auf keine weiteren Gespräche ein in Bezug auf das, was er letzte Nacht erlebt hatte. Dieser sagte immer nur »*Lass mich nachdenken*« oder »*Wir reden morgen darüber.*« Ganz toll, jetzt musste Stephan bis morgen warten, um Vincents Meinung zu erfahren. Ihm blieb aber wohl nichts anderes übrig. Im Anschluss an den Film, der um zwanzig Uhr fünfzehn begonnen hatte und um halb elf zu Ende war, ging er ins Bett. Ziemlich zeitig für ihn, aber nach diesem Tag fühlte er sich völlig ausgebrannt. Er stellte den Wecker an, schaltete die Nachttischlampe aus und zog die Decke bis ans Kinn hoch. Nachdem er die Augen schloss, beschlich ihn das seltsame Gefühl, sich nicht alleine im Raum zu befinden. Er öffnete sie wieder. Schnell war die Erinnerung an das vor ein paar Tagen Erlebte wieder da. Seine Nackenhaare stellten sich auf und er begann am ganzen Körper zu zittern. Es dauerte eine Weile, bis er die Konturen der Möbel, die in dem Zimmer standen, erkannte. Nur seine Augen erkundeten die Umgebung. Er schielte nach rechts und links, ohne seinen Kopf dabei zu bewegen. Nichts! Es gab absolut nichts, was ihm irgendwie verdächtig vorkam. Er musste sich getäuscht haben. Schließlich machte er die Augen wieder zu. Alles wurde dunkel. Obwohl er sie geschlossen hielt, schlief er nicht. Er versuchte zu lauschen. Als er dabei war, zu überlegen, ob er die Lampe neben dem Bett anmachen oder sich vielleicht doch lieber nicht bewegen sollte, hörte er in seiner unmittelbaren Nähe leise, kratzende Geräusche. Um besser hören zu können, hielt er seinen Atem an und war davon überzeugt, sich nicht geirrt zu haben. Danach öffnete er die Augen und schielte, wie schon vor ein paar Minuten, nach links und rechts. Sein Herz blieb beinahe stehen, als er den Schatten neben seinem Nachttischschränkchen sah. Die gleiche, dunkle Gestalt, der er schon mal begegnet war.

»Verschwinde!« Eigentlich wollte er laut schreien, aber das, was er hervor brachte, war eher ein Krächzen. Die graue Kreatur bewegte sich keinen Millimeter. Stephan hatte den Eindruck, es würden zwei kleine Lämpchen aufleuchten. Noch ganz klein und kaum bemerkbar, aber etwas war da. Sie waren dort, an der Stelle, an der sich normalerweise Augen befinden. Stephan erinnerte sich wieder an die graue Gestalt in der dunklen Stadt. Die rot glühenden Lampen leuchteten immer auf, sobald sich die Kreatur in Bewegung setzte. Sie schienen den kommenden Angriff zu signalisieren. Er zog schnell die Decke über seinen Kopf und machte die Augen erneut zu. Zwei Stunden lang lag er wach unter der Bettdecke und lauschte auf jegliche Geräusche. Das Einzige, was er hörte, war sein eigenes Atmen und das klopfende Geräusch in seiner Brust. Trotz der Angst überkam ihn die Müdigkeit. Sobald er in den Schlaf fiel, beruhigte sich langsam sein Herzschlag. Sein Körper wurde von einer wohligen Wärme umhüllt.

Als Stephan am nächsten Morgen durch den Krach, den der Wecker machte, wach wurde, lag sein Kopf immer noch unter der Decke. Er war froh darüber, in der heutigen Nacht keine Seelenreise gemacht zu haben und ihm wurde mulmig, als er sich wieder daran erinnerte, was gestern Abend geschehen war. Er ging wie üblich ins Bad, unter die Dusche, zog sich an und fuhr zu Vincent. In seinem Magen tanzte etwas Samba, jedenfalls fühlte es sich so an.

Als Vincent seine Haustür aufmachte, sah er sehr glücklich aus. Er grinste und zeigte dabei seine weißen, geraden Zähne. »Hallo Steph. Ich habe es geschafft!«, sprudelte er direkt los.

»Was geschafft?«

»Na, OBE! Was denn sonst?«

»Oh nein, Vincent, hör lieber auf damit. Bevor es irgendwie zu spät ist. Mach das nicht weiter.«

»Warum? Du musst mir doch noch das mit dem Typen in der Kneipe beweisen.«

»Meinetwegen glaube nicht dran, was ich dir erzählt habe, hör lieber auf damit, bevor dich irgendwelche Gestalten und Geister verfolgen, wie bei mir.« Stephan war voller Sorge um seinen Freund. Er musste es ihm ausreden, weiterzumachen. Es reichte schon, wenn er Angst hatte zu schlafen und vor jedem Schatten im Zimmer zusammen zuckte. »Bitte Vincent«, flehte er.

»Steph?« Er sah ihn ernst an. »Irgendeiner muss dich doch vor den Zombies retten, oder? Und wenn nicht ich, wer dann? Er musste bei der Bemerkung lachen. Den Witz, der ihm spontan eingefallen war, fand er so sehr gelungen, dass er sich vor Lachen den Bauch festhielt. Als er jedoch merkte, dass Stephan weiterhin ernst blieb, hörte er sofort damit auf.

Stephan war gar nicht nach Lachen zumute. Er hatte die Befürchtung, dass Vincent eventuell recht haben könnte, auch wenn das in Vincents Augen nur ein Witz sein sollte. »Ich finde es nicht witzig.«

»Komm Steph, Thomas will mit uns beim McDonalds frühstücken. Er wartet sicherlich schon.« Vincent legte seine Hand auf Stephans Schulter, diese freundschaftliche Geste zeigte er oft.

Kapitel 10

Thomas erwartete sie bereits und war auf die neuesten Geschehnisse gespannt. Dabei beschlich ihn ein mulmiges Gefühl. Der Besuch bei Stephan ging ihm noch nach. Er hatte bereits Spiegeleier mit Toast gegessen. Als Vincent und Stephan das Lokal betraten, bestellte er sich eine weitere Portion. Sie beschlossen, sich heute beim Frühstück Zeit zu lassen und erst zur Mittagszeit in die Uni zu fahren. Als fleißige Studenten konnten sie sich manchmal diese kleinen Freiheiten erlauben. Abgesehen davon war es der letzte Tag vor den Semesterferien. Heute würde sowieso nichts Spannendes mehr passieren.

 Sie ließen sich mehrmals Kaffee nachschenken und auch beim Essen langten sie kräftig zu. Die enge Jeans, die Thomas trug, spannte jetzt noch mehr. Vincent und Stephan mussten sich um solche Dinge keine Gedanken machen. Stephan war zugegebenermaßen auch nicht so schlank wie Vincent, trotzdem versuchte er, sich nicht so gehen zu lassen wie Thomas. Er tendierte zwar auch dazu, viel zu essen und an Gewicht zuzulegen, jedoch versuchte er es auszugleichen, indem er sich regelmäßig sportlich betätigte. Thomas wollte sich nicht allzu viel bewegen und die bisherigen Diätversuche endeten immer in schlechter Laune und Jojoeffekt. Jetzt hatte er es aufgegeben und genoss das Leben, ohne auf sein Gewicht zu achten. Stephan und Vincent nahmen es hin und akzeptierten ihn so wie er war, ohne ihm in der Hinsicht etwas einzureden. Beide waren der Ansicht, bei einer Freundschaft käme es nicht auf die Figur an. Der Charakter war viel wichtiger.

»Wie geht es dir heute, Stephan?«, wollte Thomas wissen, nachdem er ihn vor ein paar Tagen so niedergeschlagen erlebt und Angst um ihn gehabt hatte.

»Ganz gut. Mein Problem ist zwar nicht verschwunden, aber ich habe vorletzte Nacht endlich mal was Positives erlebt«, strahlte Stephan und war erfreut, dass sich Thomas nach seinem Befinden erkundigte.

»Ja? Was hast du denn erlebt?« Thomas war wie immer neugierig.

»Stephan behauptet, einen anderen Menschen bei einer Seelenreise getroffen zu haben.« Vincent konnte es sich nicht entgehen lassen, diese Nachricht zu verkünden. Dabei grinste er schelmisch. »Er hat mit ihm zusammen in einer Kneipe gesessen und sich unterhalten.« Vincent nahm einen großen Zug aus seinem Kaffeebecher. Thomas sah ihn ungläubig an. Dabei vergaß er völlig zu kauen.

»Stimmt. Und Vincent hat seinen ersten Erfolg zu feiern«, gab Stephan ebenfalls grinsend zurück. »Er kann es endlich auch!«, freute er sich für ihn. »Vincent ist zwar noch nicht so weit wie ich, aber der Anfang ist getan.« Stephan klopfte ihm auf die Schulter, um seine Freude zu unterstreichen.

»Ich dachte, ihr beendet das Ganze? Was ist mit deiner Angst und diesen Gespenstern? Du wolltest das doch nicht mehr, Stephan?« Thomas konnte sich keinesfalls mitfreuen. Er verstand es einfach nicht. Wie war es möglich, dass sie so leichtsinnig weiter machten, nachdem Stephan das letzte Mal so sehr darunter gelitten hatte und ohne Zweifel absolut mit den Nerven am Ende gewesen war?

»Und ich habe auch gesagt, es geht nicht! Es ist mir nicht möglich einfach so aufzuhören, weil ich das nicht kontrollieren kann«, antwortete Stephan leise, als er merkte, dass sich am Nachbartisch eine Familie hingesetzt hatte. »Das geht einfach nicht«, setzte er nach.

»Ich hoffe, ihr werdet es nie bereuen müssen. Echt! Ich mache mir Sorgen und ihr lacht nur darüber und findet es witzig.« Thomas war geknickt. Vincent verstand ihn und insgeheim wusste er auch, dass er absolut recht hatte. Leider war aber die Sache schon lange nicht mehr so einfach und vor allem auch nicht so schnell zu beenden. Es war schwer, Thomas zu erklären, dass ein Aufhören unmöglich war. Dafür fehlte ihm das Verständnis und die Einsicht in diese Dinge.

»Was haltet ihr davon, wenn wir nach der Uni zu mir fahren? Ich habe ein neues Spiel«, fragte Thomas jetzt, um das Thema zu wechseln und auch, weil er ihnen das neue Spiel gerne gezeigt hätte. Er hatte keine weiteren Freunde, nur die beiden. Wenn er sich nicht mit Vincent und Stephan traf, dann saß er Zuhause am PC und schrieb Programme oder erweiterte seinen Computer um weitere Gigabits, um wiederum mehr Platz für weitere Software zu schaffen. Er war durch und durch Informatiker.

»Von mir aus.« Vincent war sofort dabei. Jetzt, am

letzten Tag vor den Semesterferien konnte man einen Spielnachmittag einlegen. Dagegen sprach nichts.

»Ok, dann um vier bei dir?« Stephan war dieser Vorschlag auch willkommen und er freute sich auf den stressfreien Nachmittag. Er wollte ebenfalls gemütlich das Semester ausklingen lassen.

Nach der letzten Vorlesung fuhren Stephan und Vincent direkt zu Thomas und nicht wie üblich nach Hause. Sie freuten sich schon auf den Nachmittag und kauften unterwegs Bier und Chips ein, um den Abend vollkommen zu machen. Beide wurden direkt an der Tür von Thomas` Mutter empfangen und gedrückt. Thomas lief rot an. Er empfand dieses übertriebene Benehmen seiner Mutter als peinlich. Schließlich bekam er kaum Besuch und falls doch, nur von den beiden. Seine Mutter war immer sehr froh, wenn Freunde zu ihm kamen. Sie schob Vincent und Stephan direkt in das Esszimmer, das sich rechts neben der großzügigen Diele befand. Sie hatte gekocht. Nachdem ihre Mägen bereits knurrten, nahmen sie diese Einladung an und waren dankbar für das Drei-Gänge-Menü. Sie hatten seit dem Frühstück heute Morgen nichts mehr gegessen. Es kam selten vor, dass sie so gut essen konnten. Das war in der Regel nur dann möglich, wenn sie ab und zu am Wochenende, zu Weihnachten, Geburtstag oder auch an Ostern, bei ihren Familien speisten. Thomas war froh, als seine Mutter sie nach dem Essen endlich in Ruhe ließ. Die Röte auf den Wangen verschwand langsam, nachdem er sich mit seinen Freunden im Zimmer einschließen konnte. In diesem Raum standen drei Computer und jede Menge Festplatten sowie Computerteile, die er irgendwo ausgeschraubt hatte. Die Möbel, die sich in seinem Zimmer befanden, waren noch aus seiner Jugendzeit. Nichts ließ darauf schließen, dass hier ein erwachsener Mann wohnte. Als Thomas ihnen das neue Spiel erklärte, saßen alle drei auf dem Jugendbett und nippten bereits am ersten Bier. Wie gut, dass nun die Bäuche gut gefüllt waren und eine Grundlage geschaffen wurde. Sie zogen Karten, um festzustellen, wer beginnen durfte. Der erste Durchgang dauerte nicht sonderlich lange, aber je geübter sie wurden, desto länger dauerte ein Spiel. Sie waren so sehr von dem Spiel gefesselt, dass sie gar nicht bemerkt hatten, als es draußen dunkel wurde. Die jungen Männer spielten weiter um die Punkte, und jeder versuchte, den Rekord zu brechen. Erst um Mitternacht, als das Bier leer war, schaute Vincent auf die Uhr und stellte fest, dass es bereits so spät war. »Ich glaube, wir sollten aufhören. Ist schon spät«, sagte er müde.

Stephan sah auch auf seine Uhr. »Du hast recht. Die Zeit ist ja ganz schön schnell vergangen.«

»Ach übrigens, ich bräuchte morgen das Auto. Was hältst du davon, wenn ich dich heimfahre und das Auto gleich mitnehme?«, fragte Vincent.

»Ja, geht klar.« Stephan war froh, nach dem Bier nicht mehr fahren zu müssen. Er vertrug in letzter Zeit keine größeren Mengen, wie er feststellen musste.

Thomas Mutter schlief bereits und er war froh darüber, so eine mögliche Verabschiedungsorgie zu umgehen. Manchmal war es für ihn sehr peinlich. Sie konnte in der Hinsicht sehr übertreiben.

Stephan und Vincent verabschiedeten sich von Thomas und gingen in die Dunkelheit hinaus.

Kapitel 11

Vincent musste den Golf etwas laufen lassen. Die Scheiben waren beschlagen, sodass es nicht möglich war, richtig durchzusehen. Er stellte das Gebläse höher. Es war sehr unangenehm, sich auf die kalten Sitze zu setzen. Stephan war trotzdem froh, heimgefahren zu werden und nicht laufen zu müssen. Das Auto besaß keine automatische Klimaanlage, deshalb musste Vincent einige Minuten warten, bevor die Sicht frei wurde und er losfahren konnte. Die Frontscheibe war zwar noch nicht komplett frei, als er die Parklücke verließ, aber er konnte alles gut erkennen. Das musste reichen.

Während der Fahrt herrschte vorerst ein Stillschweigen. Beide waren müde und nachdenklich. Vincent blickte kurz zu Stephan rüber. »Es war ein toller Abend, nicht wahr?«, fragte er, während er in den dritten Gang schaltete.

»Ja, stimmt. Wir hatten eine Menge Spaß«, antwortete Stephan kurz. Er war eigentlich viel zu müde, um lange Gespräche zu führen.

»Ich weiß, dass du Thomas nicht sonderlich magst und ….«, begann Vincent. Nachdem Stephan ihn unterbrach, konnte er den Satz nicht beenden.

»Nein, so ist es nicht. Ich, ich, ähm«. Stephan wusste anscheinend nicht, wie er das, was ihm auf dem Herzen lag, in Worte verpacken sollte. Vincent nahm den Gedanken wieder auf und versuchte zu erklären, was eigentlich Stephan durch den Kopf ging.

»Du bist eifersüchtig, nicht wahr?«, fragte er und guckte kurz zu seinem Freund rüber, dann konzentrierte er sich wieder auf die Straße.

»Nein. Äh, ich ….« Stephan sah Vincent an und beschloss doch ehrlich und aufrichtig zu sein. »Du hast recht. Ja, ich bin eifersüchtig. Ich weiß nicht so recht, wie ich es dir erklären soll; ich habe Angst davor, dass Thomas dir irgendwann mehr bedeuten könnte als ich und ….«

»Du brauchst es mir nicht zu erklären, aber deine Sorgen sind unnötig. Du bist doch mein bester Freund und daran wird sich auch nie etwas ändern. Thomas ist einsam und er hat keine Freunde außer uns. Ich will ihm doch nur helfen. Es gibt wirklich keinen Grund, um eifersüchtig zu sein.«

Vincent hatte schon länger geahnt, dass Stephan Angst hatte ihn als Freund zu verlieren. Dafür gab es immer wieder Indizien. Es gab nie ein Anliegen oder einen Grund für diese Eifersucht und Vincent fühlte sich dazu verpflichtet, dieses Missverständnis aus der Welt zu schaffen. Stephan war für ihn der beste Freund, den man haben konnte und abgesehen davon kannten sie sich schon so lange, dass diese Freundschaft unzerstörbar war. Er hatte schon länger auf den passenden Augenblick gewartet, um Stephan deswegen anzusprechen. Jetzt waren sie alleine und es schien der richtige Moment, um das Problem ein für alle Mal zu beseitigen.

»Ja, weißt du, eigentlich ist mir das bewusst, aber so wie du dich immer um Thomas sorgst und ihn überall

hinschleppst, sah ich unsere Freundschaft in Gefahr.«
Schon als Stephan dies aussprach, kam es ihm absolut
lächerlich vor.

»Quatsch! Wie gesagt, ich will, dass er endlich lebt.
Er sitzt ja nur zu Hause vor dem PC. Die einzigen
Freunde, die er hat, sind wir und das verändert ihn
zum Positiven. Du weißt doch, wie wichtig du mir
bist, lass dieses eifersüchtige Getue. Werde wieder der
Alte!«, Vincent lächelte ihn an. Er war froh, mit Ste-
phan heute darüber gesprochen zu haben. Schließlich
hatten sie die Straße erreicht, in der Stephan wohnte.
Vincent hielt das Auto in der zweiten Reihe vor dem
Hauseingang an.

»So und jetzt verzieh dich, Blödmann.« Vincent legte
seine Hand auf Stephans Schulter und grinste ihn an.
Jetzt musste Stephan ebenfalls lächeln. Gleichzeitig
schmunzelte er über sich selbst, weil ihm klar wurde,
dass er sich wirklich wie ein Blödmann benommen
hatte. Sein eigenes Verhalten hielt er in dem Moment
für sehr kindisch. Er war erleichtert darüber, dass
Vincent ihn darauf angesprochen hatte und er loswerden konnte, was ihn bedrückte.

»Schlaf gut, Vincent«, sagte er und zwinkerte ihm dabei zu, als er den Hebel an der Autotür suchte.

»Gute Nacht«, erwiderte Vincent, bevor Stephan die
rostige Tür zuschmiss und im Haus verschwand.

Vincent fuhr wieder los und war innerhalb von fünf
Minuten vor seinem Haus angekommen. Wie üblich
musste er erst um den Häuserblock fahren, um einen
Parkplatz zu finden, was ihm auch letztendlich gelun-

gen war. Er stieg aus, verschloss den Golf und lief die Straße entlang. Anschließend bog er um die Ecke, um zu seinem Hauseingang zu kommen. Sein Blick wurde auf einen grauen Punkt gelenkt, welcher sich ein paar Meter weiter befand. Als er den Schatten auf der anderen Straßenseite sah, musste er automatisch an die Kreatur denken, von welcher Stephan letztens erzählt hatte. Er ging die paar letzten Meter bis zur Haustür etwas schneller als üblich und sperrte sie auf. Drei Stufen auf einmal nehmend, rannte er nach oben. Als er im fünften Stockwerk ankam, schloss er die Wohnungstür auf und knallte sie hinter sich zu. Der Knall war keine Absicht, sondern ergab sich aus dem Schwung heraus, als er die Tür schnell zumachen wollte. Den Schlüssel steckte er von innen in das Schloss und drehte ihn zweimal um. Zur Sicherheit spähte er noch durch den Türspion, jedoch konnte er nichts Außergewöhnliches erkennen.

Etwas erleichtert, zu Hause angekommen zu sein, begab er sich ins Bad, um sich zu waschen und umzuziehen. Anschließend wollte er direkt schlafen gehen. Die Bettwäsche holte er aus der Truhe heraus, die neben dem Sofa stand. Heute machte er sich nicht die Mühe, das Schlafsofa perfekt zu beziehen, sondern warf alles nacheinander drauf. Jetzt, als er endlich bequem lag, war er plötzlich kein bisschen müde. Er fühlte sich so wach, als hätte er heute Abend eine Kanne Kaffee getrunken. Also stand er wieder auf und schmiss die ganze Bettwäsche auf den Boden und begann das Sofa erneut zu beziehen. Licht war gar nicht nötig, denn die Straßenlaterne vor seinem Haus erhellte wie immer den Wohnraum. Als er sein Bett zum zweiten Mal bezogen hatte, diesmal perfekt wie sonst auch, legte er sich wieder hin, in der Hoffnung, jetzt einschlafen zu können. Er schloss die Augen und fühlte die langsam kommende Müdigkeit. Ohne Absicht verfiel er in die Phase des Halbschlafes.

Erst, nachdem er plötzlich neben seinem Bett stand und auf seinen Körper runter sah, wurde ihm bewusst, dass er seinen Körper verlassen hatte. Nach dieser Erkenntnis wollte er einen Schritt weiter gehen. Schließlich musste er Stephan zuliebe üben. Er konzentrierte sich und versuchte an den schönen Ort, von dem Stephan erzählt hatte, zu denken. Die schöne Blumenwiese, der Wald voller Singvögel und die Brücke. Das wollte er auch sehen und wünschte sich dorthin, um die ganzen Wunder mit seinen eigenen Augen zu betrachten. Als er seine Augen schloss, stellte er sich diese Umgebung bildlich vor. Sofort wurde er an diesen Ort befördert. Nachdem er sie wieder öffnete, war Vincent von Blumen und Wäldern umgeben. Er ging ein paar Schritte in die Blumenwiese hinein und atmete tief ein. Den Geruch, als wären Tausende von verschiedenen Parfüms vermischt, sog er in sich auf und musste niesen. Er hob die Hände gen Himmel und schaute hinauf zu den vielen bunten Vögeln, die oben einen Tanz vollführten. Anschließend blickte er zu dem Wald, der sich direkt hinter der Wiese befand. Die Baumkronen bildeten eine geschwungene Linie, die in einem hellen Grün leuchtete. In den Bäumen saßen viele Vögel, die wunderschön zwitscherten. Vincent ging ein paar Schritte auf den Wald zu und war so überwältigt von den ganzen Eindrücken, dass er lächeln musste. Stephan hatte ihm keine Märchen erzählt! Dies alles war wahr und genauso wie er es beschrieben hatte. Nachdem er die Brücke entdeckte, die sich direkt neben dem Wald befand, musste er an Stephans Vater denken und scheute sich, weiterzugehen. Die gleiche Erfahrung wie Stephan wollte er nicht machen. Vincents Vater hatte sich zwar nicht umgebracht, aber wer weiß schon, was ihn hinter der Brücke erwartete. Genau aus diesem Grund ging er keinen Schritt weiter, sondern drehte sich wieder um und lief in die entgegengesetzte Richtung. Er nahm den schmalen Weg aus Sand und kleinen Steinchen, und bewunderte die Wiesen, die sich links und rechts vor ihm befanden. Plötzlich musste er an die große, graue Stadt denken, von der Stephan erzählt hatte. Die wollte er nicht sehen, sondern lieber hier bleiben, wo es so schön war. Doch es war schon zu spät. In dem Moment, als er daran gedacht hatte, änderte sich plötzlich die Kulisse um ihn herum und er stand mitten in der großen Stadt, die kalt und neblig war. Vincent betrachtete die Umgebung und sah nur die grauen Blocks und die dunklen Straßen sowie den Nebel, der über allem hing. Ab und zu huschte ein Schatten an der Fassade entlang und verschwand hinter der nächsten Häuserecke. Er musste an die dunkle Gestalt vor seinem

Haus denken und erschauderte. Jetzt war er über sich selbst verärgert, weil er an diesen Ort, der grau und böse wirkte, gedacht hatte. Ihm lief erneut ein Schauer über den Rücken. Er zwang sich, an das Bewegen seines Zehs zu denken. Die Konzentration war in dem Augenblick nur auf seine Zehen gelenkt und auf die Bewegung, die ihn zurückbringen sollte. Als er begann, seinen Zehe zu bewegen, umfing ihn die Dunkelheit.

Nachdem er am nächsten Morgen wach wurde, fühlte er sich total durcheinander und versuchte Erinnerungen an die letzte Nacht hervorzurufen. Es war ihm bewusst, dass er eine Seelenreise gemacht hatte. Zum ersten Mal in dieser Intensität und Länge. Er erinnerte sich an den schönen Ort, die Wiese und die Vögel und dass er danach etwas Grausiges gesehen hatte. Vincent lächelte, als er wieder diese schöne Erinnerung an die Wiese vor seinem geistigen Auge hatte. Wie ein Gemälde voller Farben, so wunderschön und einmalig war dieser Ort. Er versuchte, sich ins Bewusstsein zu bringen, wo er anschließend hingegangen war. Wenige Minuten später erinnerte er sich wieder an den zweiten Teil der Reise. Natürlich, die dunkle Stadt, die grauen Blocks und der Nebel. Als er wieder an die grauen Gestalten in der düsteren Stadt dachte, wurde er unruhig und beschloss, sofort Stephan anzurufen, um ihm alles zu erzählen.

»Guten Morgen, Steph«, flüsterte er in den Hörer rein, als sein Freund ran ging.

»Ach, Vincent. Hey. So früh schon auf?« So wie es klang, wurde Stephan scheinbar geweckt. Er gähnte laut in den Hörer.

»Kannst du mal her kommen? Ich gebe dir ein Frühstück aus.«

»Super! Gib mir eine halbe Stunde. Bin gleich da.« Das ließ sich Stephan nicht zweimal sagen. Er freute sich, schon so früh am Morgen etwas mit Vincent machen zu können und beschloss, unterwegs ein paar frische Brötchen zu kaufen. Den Rest musste Vincent spenden. So wie er ihn kannte, gab es bestimmt Wurst, Käse und Marmelade, vielleicht sogar ein Frühstücksei. Stephan duschte sich rasch, zog frische Klamotten an und schlüpfte schnell in seine gefütterten Turnschuhe. Anschließend nahm er die Jacke vom Kleiderhaken und verließ das Haus.

Kapitel 12

Eine halbe Stunde später war Stephan bereits bei Vincent. Er war immer noch müde, aber erfreut über das Frühstück, welches sein Freund aus dem Kühlschrank gezaubert hatte.

»Lecker. Womit habe ich denn das verdient?« Stephan stopfte das restliche Brötchen in den Mund und wischte sich die Marmeladenreste mit dem Handrücken von den Mundwinkeln.

Vincent war nicht gut drauf. Er schaute Stephan abwesend an, als wäre er mit seinen Gedanken ganz woanders. Trotzdem tat es ihm gut, heute Morgen nicht alleine sein zu müssen. Nach dieser Nacht wollte er eigentlich nie wieder alleine sein, auch wenn er wusste, dass dies nicht möglich war. Diese Angst, mit den dunklen Wesen alleine zu sein, wollte er nie wieder erleben. Jetzt konnte er auch in etwa nachvollziehen, was Stephan in den letzten Tagen erlebt hatte und wovor er sich so sehr fürchtete.

»Ich bin heute Nacht gereist. Es war ein richtiges OBE! Mit dieser Wiese und der grauenhaften dunklen Stadt. Das war furchtbar!«, begann er endlich sich anzuvertrauen.

»Nein! Jetzt echt?«

»Ja, verdammt. Und vorher passierte noch etwas, was mich sehr erschrocken hat.« Er schluckte. »Ich habe vor meinem Haus ein Schattenwesen oder so etwas entdeckt. Wahrscheinlich so ein Ding, welches du auch schon gesehen hattest. Ich hatte wirklich Angst!«

Vincent nahm einen Bissen von seinem Brötchen. Er aß nicht so hastig wie Stephan, sondern ließ sich Zeit damit. »Ich wollte heute früh nicht alleine sein«, sagte er viel leiser und etwas verlegen. Dabei schaute er auf seinen Teller. Er hoffte Stephans Gegenwart würde ihn etwas ablenken.

Stephan hatte nun Angst um Vincent. Er konnte gut nachvollziehen, was in ihm vorging. Schließlich hatte er es selbst auch so erlebt. Er kannte diese Art von Furcht, die Vincent nun ebenfalls erfahren musste. Eigentlich empfand er in dem Moment Wut auf sich selbst. Es war seine Schuld. Ohne sein Zutun würde Vincent mit OBE nicht weitermachen und nicht mehr üben. Letztendlich hatte er es doch geschafft, seinen Körper zu verlassen. Stephan bereute es, ihm von den nächtlichen Wanderungen erzählt zu haben. Immerhin übte er schon seit längerer Zeit nicht mehr, das wusste Stephan, obwohl Vincent es ihm nie gesagt hatte.

»Wir müssen etwas dagegen unternehmen. Scheinbar haben wir das Ganze nicht mehr unter Kontrolle. Uns bleibt jedoch nichts anderes übrig, als herauszufinden, wie wir es stoppen können.« Stephan überlegte kurz, bevor er weiter sprach. »Ich denke, mit dem Experiment aufzuhören ist der falsche Weg, sondern wir müssen etwas tun, damit diese grauen Dinger hier aus unserer Welt verschwinden!«, sagte Stephan aufgeregt. »Ich habe jedoch noch keine Idee, wie?«

»Ich auch nicht, Steph. Wir sollten vielleicht zuerst mehr über diesen Ort herausfinden. Eventuell können wir uns bei einem OBE auf der anderen Seite treffen und dann gemeinsam dagegen vorgehen beziehungsweise weitere Informationen sammeln«, schlug Vincent vor. Von seiner spontanen Idee war er sehr überzeugt. Sie konnten nur noch etwas an dieser Situation ändern, indem sie zuerst mehr darüber erfuhren. Etwas anderes blieb ihnen nicht übrig.

Stephan dagegen hoffte, sie würden sich so nicht weiter in die Misere hinein reiten. Er stimmte trotz Bedenken dem Vorschlag zu. »Gut. Wir treffen uns heute Nacht bei der Brücke. Du weißt schon wo? Auf der Blumenwiese. Es ist einen Versuch wert. So können wir wenigstens feststellen, ob man sich dort treffen kann und dann sehen wir weiter.«

»Abgemacht! Ich würde sagen, wenn wir um zweiundzwanzig Uhr ins Bett gehen, dann ist es eine gute Zeit. Um diese Zeit bin ich zwar schläfrig, aber noch nicht so extrem müde, dass ich tief einschlafen würde«, baute Vincent die Planung aus.

»Geht mir auch so. Die Uhrzeit finde ich gut.«

Jetzt waren beide begeistert von dieser Idee und gleichzeitig gespannt, ob es möglich sein würde, sich tatsächlich in solch einem Raum zu treffen. Sie kannten beide die Wiese und die Brücke, also musste es doch machbar sein, sich dort zu treffen, wenn sie an denselben Ort dachten. Sie hofften, der Plan würde funktionieren, sodass sie sich zusammen auf die Suche begeben konnten, um nach einer Lösung für ihr Problem zu suchen. Beide fürchteten sich natürlich insgeheim davor, in dieser anderen Welt verloren zu gehen. Was erwartete sie noch dort? Sie kannten bereits die schöne, positive Seite, aber Stephan kannte auch die dunkle, graue Seite dieser Welt. Was diese Parallelwelt ihnen noch bieten würde, würde sich zeigen. Sie hatten Angst davor, aber gleichzeitig waren sie auch gespannt. So voller Neugier wie es junge Männer nun mal sind.

Als Stephan an der Wiese ankam, war von Vincent noch keine Spur zu sehen. Er stand ganz alleine inmitten der vielen bunten Blumen und hoffte, dass der Versuch, sich hier zu treffen, klappen würde. Langsam überquerte er die Wiese und erreichte die kleine Brücke aus Holz. Stephan konnte nicht anders, als kurz auf die andere Seite zu blicken. Es war keiner da, weder ein Mann mit Hut noch irgendwelche grauen Gestalten oder sonst etwas Verdächtiges. Das erfreute ihn. Seinen Vater wollte er in einer derartigen Verfassung, so wie beim letzten Mal, nie wieder sehen. Er blickte zurück, in die Richtung aus der er gekommen war, um nach Vincent Ausschau zu halten. Und tatsächlich, es dauerte gar nicht lange, bis sich etwas Hellblaues mitten in der Wiese aufbaute und sich daraus die Konturen einer Person formten. Zuerst der durchsichtige Nebel, dann plötzlich ein Mensch. Stephan sah dem Geschehen, zum ersten Mal aus dieser Perspektive, erstaunt zu. Innerhalb weniger Sekunden stand Vincent einige Meter weg von ihm. Er hatte es auch geschafft.

»Vincent!« Stephan hob eine Hand und winkte. »Hier

bin ich!«

Als Vincent die Stimme seines Freundes hörte, öffnete er sofort die Augen. Er sah in die Richtung, aus der die Rufe kamen und erblickte die winkende Hand hinter der Wiese. Er war glücklich Stephan zu sehen und auch, weil ihr Vorhaben anscheinend funktioniert hatte. »Ich komme!«, schrie er zurück und erhob seine Hand.

Vincent ging auf Stephan zu und aus lauter Freude drückte er ihn zur Begrüßung. »Toll. Es hat geklappt!« Vincent lachte und drückte Stephan erneut an sich. Stephan musste auch lachen. Ein Glücksgefühl umhüllte sie. In dem Moment spürten sie ihre Verbundenheit. Schließlich versuchten sie, sich auf die Umgebung zu konzentrieren.

Stephan sah etwas Graues hinter der Brücke stehen, als er sich umdrehte. Er richtete den Blick auf die Stelle und erkannte in der Ferne seinen Vater. Das Glücksgefühl und die Freude, die er eben noch empfunden hatte, verschwanden augenblicklich.

»Nicht schon wieder«, sagte er und starrte weiter auf die Stelle.

Vincent folgte seinem Blick und sah es nun auch. Er kannte Stephans Vater noch aus dessen Lebzeiten. In dem Moment war er etwas schockiert, ihn so wiederzusehen. Zwar recht unscharf, aber unverkennbar war es Stephans Vater. Der Mann, der immer so gutmütig und freundlich zu jedem gewesen war. Jetzt strahlte er keine Freundlichkeit und Gutmütigkeit aus, sondern eher Kälte und Zorn. Die schönen Erinnerungen an diesen Mann wurden in der Minute kaputt gemacht und es entstand ein ganz anderes Bild von ihm. Unbeweglich stand er dort, auf der anderen Seite der Brücke.

»Bleib stehen. Warte ab, Stephan.« Versuchte Vincent, seinen Freund zu beruhigen. Es geschah eine Weile nichts. Alle drei, Vincent und Stephan auf der einen Seite, der Mann mit dem Hut auf der anderen, standen reglos da und sahen sich an. Sie warteten, als wäre es irgendein Spiel. Nach dem Motto, wer zuerst zuckt, hat verloren. Man konnte nur das Heben und Senken des Brustkorbes der zwei Freunde erkennen, wenn man genauer hinsah. Die graue Gestalt atmete nicht. Sie benötigte keine Luft, um zu leben. Stephan blinzelte ab und zu, als er das Gefühl bekam, dass seine Augen trocken wurden. Es tat ihm weh, seinen Vater wieder so sehen zu müssen und versetzte ihm einen Stich in der Herzgegend. Er hörte sein Herz klopfen und dachte darüber nach, ob Vincent es ebenfalls hören konnte.

Sie standen seit einer Viertelstunde reglos da, zumindest fühlte es sich so an. Beinahe wie eine Ewigkeit. Endlich regte sich etwas. Vincent versuchte zu erkennen, was auf der anderen Seite passierte. Irgendetwas hatte sich verändert, minimal, kaum wahrnehmbar. Er starrte weiter zu der Gestalt, bis er die zwei kleinen Punkte sah. Die Entfernung war zu groß, um es richtig einordnen zu können. Er blinzelte.

»Jetzt leuchten die Augen wieder auf«, flüsterte Stephan. Man bemerkte das Zittern in seiner Stimme. Er hatte Angst.

Endlich verstand Vincent, was Stephan so aufgewühlt hatte. Das sollten die Augen sein oder so was in
der Art. Sie werden sich jetzt bestimmt verändern,
heller und größer werden, so wie Stephan es ihm erzählt hatte.

Und in der Tat wurden die zwei kleinen Punkte
immer heller und größer, bis sie zu einem Art Augen-
paar heran wuchsen. Vincent war davon beeindruckt,
obwohl es auf ihn auch sehr unheimlich wirkte. Im
Gegensatz zu Stephan, dessen Knie wie Pudding bib-
berten, blieb Vincent eher gelassen.

»Ich glaube, wir sollten von hier verschwinden«, wi-
sperte Stephan.

»Warte noch ein bisschen«, flüsterte Vincent ebenfalls, denn ihn hatte die Neugierde gepackt. Er wollte
mehr sehen und erfahren, was weiter passieren würde.
Jetzt, als die Augen des Mannes die volle Größe erreicht hatten und so wie es aussah, auch nicht noch
heller werden würden, entblößten sich langsam seine
Zähne. Sie waren so spitz wie die eines Hais.

»Wahnsinn«, sagte Vincent fasziniert und diesmal
nicht mehr im Flüsterton. Er trat einen Schritt nach
vorne. Stephan hielt ihn entsetzt an der Schulter
zurück. Schließlich sah er Vincent an, als wäre dieser
nicht ganz bei Sinnen und schüttelte mit dem Kopf.
Manchmal war er von ihm so sehr überrascht, dass er
gar nicht mehr glaubte, ihn seit seiner Kindheit zu
kennen. »Dir ist schon klar, dass es mein Vater ist?«

»Ja sicher, aber …« Ihm wurde in dem Moment bewusst, dass sein Verhalten nicht angebracht war.

Der schwarze Mann mit Hut schaute mit seinen zwei Glühbirnenaugen Stephan und Vincent an und öffnete den Mund. Er entblößte nun auch die übrigen Zähne.

»Verschwindet von hier!«, krächzte es aus ihm heraus. Die Stimme ähnelte der einer Krähe. Ein Ton, der nicht durch Stimmbänder erzeugt wurde. Es hörte sich blechern an. »Verschwindet von hier!«, brüllte Stephans Vater wieder. Alle kleinen Härchen auf ihren Armen stellten sich auf und erzeugten eine Gänsehaut.

»Komm, hauen wir endlich ab!«, sagte Stephan ziemlich nervös und in der Hoffnung, dass Vincent nun endlich einsähe, dass es besser wäre sofort von hier fortzugehen.

»Gut, wohin?«, antwortete Vincent schließlich.

Stephan war erleichtert, dass sie endlich weiterziehen konnten. »Denk an die graue, große Stadt. Dort warst du auch schon mal. Es müsste eigentlich wieder klappen. Anschließend können wir zusammen die Kneipe aufsuchen.«

»Gut. Bis gleich.« Augenblicklich verschwand Vincent und hinterließ Stephan alleine mit der Gestalt, die mal sein Vater gewesen war. Ein Mensch, den er nie wieder umarmen würde und der die Worte, die aus Stephans Mund kämen, nicht mehr verstehen würde.

Er zögerte noch einen kurzen Moment und blickte nochmals zu seinem Vater rüber, auf die andere Seite der Brücke. Dann schloss er die Augen, verlor dabei eine Träne und stellte sich bildlich die dunkle Stadt vor.

Kapitel 13

Als Vincent seine Augen wieder öffnete, befand er sich genau an derselben Stelle, wie schon in der letzten Nacht. Alles um ihn herum war grau und düster. Der Nebel wand sich durch die Luft und ein paar dunkle Gestalten verschwanden hinter dem nächsten Block oder in einem Hauseingang. Von Stephan war noch nichts zu sehen. Vincent überlegte, wie groß diese Stadt wohl sein möge und wie lange er bräuchte, um Stephan hier zu finden. Sie hätten etwas Konkreteres ausmachen müssen, und nicht nur *die große Stadt.*

»Verdammt. Wie blöd sind wir denn eigentlich?« Vincent führte Selbstgespräche. Er versuchte nun, an den Eingang einer Kneipe hier in dieser Stadt zu denken. Einen Versuch war es wert. Vielleicht gab es nur das eine Lokal. Und als er noch darüber nachdachte, verschwand er von der Stelle, an der er sich soeben noch befunden hatte.

Währenddessen stand Stephan vor der Kneipe, und begann schon ungeduldig zu werden, als aus dem Nichts Vincent auftauchte. Er sah sehr erleichtert aus, als sich dieser zu voller Größe entfaltete.

»Wo bleibst du denn? Ich fing an, mir Sorgen zu machen.« Stephan war beruhigt, als Vincent nun doch aufgetaucht war.

»Ja, du Spaßvogel. Wir treffen uns in der Stadt! Diese verdammte Stadt ist groß, Mann! Warum hast du nicht »*vor der Kneipe*« gesagt?« Auch wenn Vincent nun Stephan die Schuld zuwies, war er froh darüber, ihn

zu sehen und dass er doch noch auf die Kneipe gekommen war.

»Na komm, lass uns rein gehen«, schlug Stephan vor
und lief ihm freudig voraus. Vincent folgte ihm und
ging mit offenem Mund über die Türschwelle. Er sah,
wie schon von Stephan gehört, viele Menschen, die
den üblichen Aktivitäten nachgingen. Es ging zu, wie
in einer normalen Kneipe üblich. Sie tranken Bier,
unterhielten sich, manche saßen nur da und beobachteten andere. Zumindest sah es auf den ersten Blick
so aus. Das alles wirkte irgendwie surreal.

Stephan zog ihn am Ärmel und ging zur Theke. Vincent folgte ihm zwar, aber wenn etwas auf dem
Boden gelegen hätte, dann wäre er sicherlich gestol-
pert und hingefallen, da er den Blick immer noch
nicht von den vielen Menschen abwenden konnte.
Erst, als er schon an der Theke stand, sah er seinen
Freund ungläubig an.

Als Stephan sich neben einen Mann setzte, der gerade am Tresen saß und ein Bier trank, ahnte Vincent
bereits, dass es sich um den Mann handelte, den Stephan in der besagten Nacht getroffen hatte. Er gesell-
te sich dazu.

»Hallo, schön dich wiederzusehen«, sagte Stephan.
Ihm schien es anscheinend entgangen zu sein, dass
sich jemand neben ihn gesetzt hatte. Jetzt drehte er
sich um und sah Stephan irritiert an.

»Erkennst du mich denn nicht? Wir hatten uns erst
vor ein paar Tagen hier unterhalten.« Stephan war
über den ungläubigen Blick des Fremden etwas ver-

wundert. Besser gesagt, er erhielt nicht die erwartete Reaktion und deshalb war er perplex. Der Fremde guckte Stephan fragend an, als würde er ihn tatsächlich nicht erkennen. Die Mimik veränderte sich plötzlich. Es schien, als würde er sich schließlich doch wieder erinnern. Zwar etwas zögerlich, aber trotzdem war eine kleine Reaktion zu erkennen.

»Ach ja, richtig!«, sagte der Fremde schließlich und nahm einen großen Schluck aus seinem Bierkrug.

»Ich habe heute einen Freund dabei. Das ist Vincent.« Vincent stand immer noch dicht hinter Stephan und wirkte durcheinander. Der fremde Mann drehte sich auf dem Stuhl zu ihm und nickte. Vincent versuchte zu lächeln, was ihm nicht so sehr gelingen wollte.

»Hallo, Vincent. Setz dich doch«, sagte der Mann freundlich. Er folgte der Aufforderung und setzte sich auf den Barhocker neben Stephan. Es war ihm zuwider, den Hocker rechts neben dem fremden Mann einzunehmen. Als Stephan sich gedanklich zwei Bier wünschte, erschienen augenblicklich zwei volle Krüge vor ihm. »Probier mal. Besser als zu Hause!«, feixte er und schob einen davon rüber zu Vincent.

Vincent probierte das kalte Getränk und wischte sich den Bierschaum von den Lippen. »Nicht schlecht!«

»Was heißt denn hier nicht schlecht? Es ist richtig gut!« Stephan hob den Krug, um mit Vincent anzustoßen. Vincent folgte seiner Einladung und nahm ein paar kräftige Schlucke. Stephan war stolz, seinem

Freund diesen tollen Ort gezeigt zu haben. Er war sich sicher, dass er Vincent gefiel und er das Bier auch als fantastisch empfand. Das Gefühl, den Ort und die Eindrücke mit ihm teilen zu können, mochte er.

Jetzt, da er den Fremden wieder getroffen hatte, wollte er nochmals die Frage stellen, die das letzte Mal unbeantwortet geblieben war. Er drehte sich nach rechts zu dem Mann, der neben ihm saß, und überlegte, wie er das Gespräch wieder aufgreifen könnte.

»Wie geht es dir?«

»Passt schon«, antwortete er, ohne Stephan anzusehen. Er starrte die Wand gegenüber an und hielt seinen Bierkrug fest.

»Du musstest das letzte Mal so plötzlich verschwinden«, stellte Stephan fest.

Diesmal bekam er keine Antwort. Es ging ihn eigentlich auch nichts an, warum der Mann so schnell gehen musste. Bestimmt eine persönliche Angelegenheit, überlegte er in dem Moment.

»Vielleicht hast du ja heute etwas mehr Zeit. Äh, ich würde gerne wissen, wo sich der Kern dieses Ortes befindet? Das Zentrum?«, versuchte er direkt auf den Punkt zu kommen.

Vincent gab sich Mühe, dem Gespräch zu folgen, was sich als etwas schwierig erwies, weil Stephan mit dem Rücken zu ihm saß und die Musik auch nicht unbedingt leise war.

»Warum willst du denn so etwas wissen?«, fragte der

Fremde nun herablassend. Er schaute nur kurz in seine Richtung, aber so genervt und böse, dass Stephan sich beinahe an dem Bier verschluckt hätte.

»Ich interessiere mich dafür. Vincent und ich würden gerne da hinkommen. Warst du wohl schon mal dort?« Stephan gab nicht auf. Das war die einzige Chance, mehr darüber zu erfahren.

»Du bist vielleicht ein Idiot!«, antwortete der Mann lachend.

Stephan war so sehr verwundert und überrascht über diese Beleidigung, dass er hinter sich gucken musste, um sich zu vergewissern, ob Vincent das auch gehört hatte. Vielleicht hatte er es missverstanden und Vincent würde das bestätigen? Aber so, wie sein Freund in dem Moment schaute, konnte sich Stephan nicht verhört haben. Vincent machte große Augen und öffnete leicht den Mund, als hätte er etwas sagen wollen. Also musste er auch dasselbe vernommen haben.

»Wie bitte?« Stephan fragte noch mal nach, um Gewissheit zu erlangen.

»Ich sagte, dass du sie nicht alle hast! Du bist ein Idiot! Ein Blödmann! Eine Blindschleiche!« Als der Fremde wiederholt lachte, entblößte er seine spitzen Zähne. Bisher war es Stephan nicht aufgefallen, dass er solch ein Gebiss hatte. Genau so eins wie die Schattenwesen. Stephan rutschte augenblicklich auf seinem Hocker an den linken Rand.

»Du bist doch schon mittendrin! Alles hier ist das Zentrum! Oder Kern, so wie du es nennst! Idiot!«, schrie er. Mit diesen Worten löste er sich in Luft auf, laut lachend und glucksend. Er ließ einen halbvollen Krug stehen und einen sich noch drehenden Barhocker. Stephan hatte sich so sehr erschrocken, als der Fremde aufschrie und verschwand, dass er von seinem Hocker direkt aufgesprungen war. Vincent drehte sich zu ihm um und guckte auch verblüfft. Sie standen da wie versteinert; absolut unfähig, in dem Moment zu handeln oder etwas zu sagen. Sie schauten sich nur an und versuchten, zu verstehen. Für beide war es schwer, das, was vor wenigen Augenblicken passiert ist, im Kopf zu sortieren und vor allem auch das, was sie eben von dem fremden Mann erfahren hatten. Wie konnte es sein, dass alles hier schon das Zentrum war? Ein Ort, nach dem sie gesucht hatten und dachten, er wäre so schwer erreichbar. Dabei waren sie schon mittendrin. Das alles musste ein Schwindel sein. Das war bestimmt nichts weiter als nur eine Lüge, die sich der Fremde ausgedacht hatte, um sie zu ärgern. Aber warum sollte er denn das tun? Es gab keinen Grund dafür. Er war bisher immer so freundlich und auf einmal diese Wandlung? Es musste eine Erklärung für all das geben. Das musste es!

Stephan drehte sich um, zu den vielen Menschen, die sich in dem Raum befanden. Er wusste nicht, was er zu finden glaubte, aber zumindest hatte er gehofft, dass die Menschen hier fragend oder interessiert in seine Richtung schauen würden oder genauso erschraken, weil sie nicht begriffen, was soeben passiert war. Die Gruppe, die an dem großen Tisch in der linken Ecke des Raumes saß, zeigte keinerlei Veränderung. Die drei Männer und drei Frauen unterhielten sich weiterhin, als wäre nichts geschehen. Auch die zwei Männer am Stehtisch tranken weiterhin Bier und unterhielten sich. Alle Menschen in dem Raum gingen der Beschäftigung nach, der sie sich vor fünf Minuten auch gewidmet hatten. Erst jetzt guckte Stephan genauer hin. Er sah die Menschen an und konnte etwas erkennen, was er bisher nicht erkannt hatte. War er so blind oder wollte er es einfach nicht sehen? Die vielen menschlich aussehenden Kreaturen, deren spitze Zähne sich entblößten, wenn sie sich unterhielten. Nein, sie unterhielten sich ja nicht einmal. Der Unterkiefer wurde nur nach unten und dann wieder nach oben geklappt, aber es kam kein Ton heraus. Der einzige vorhandene Ton kam aus der Schallplatte, die schon die ganze Zeit lief.

»Stephan, lass uns gehen«, sagte Vincent hinter ihm. Es war viel zu leise, um ihn aus diesem Albtraum zu wecken. »Stephan! Bitte.« Vincent versuchte es noch mal, etwas lauter. Er hatte Angst, zu laut zu sprechen, um nicht die Aufmerksamkeit auf sich zu lenken. Stephan bewegte sich immer noch nicht. Erst, als Vincent eine Hand auf seine Schulter legte, fuhr er herum und sah seinen Freund an. »Stephan, komm, lass uns gehen«, flüsterte Vincent nochmals.

Stephan nickte und beide rannten gleichzeitig los. Der Weg schlängelte sich zwischen Stühlen und Menschengrüppchen nach draußen. Erst, als die Tür hinter ihnen ins Schloss fiel und beide die kalte Luft in der Nase spürten, blieben sie stehen.

»Hast du das gesehen? Hast du das auch gesehen?«, fragte Stephan aufgeregt.

»Was meinst du?«

»Na, dass die ganzen Typen da drinnen sich verwandelt haben?«

»Die haben sich nicht verwandelt, Stephan«, antwortete Vincent ruhig und gefasst.

»Ja, sicher doch. Die haben auf einmal diese spitzen Zähne gekriegt, wie mein Vater und auch die anderen grauen Dinger, die hier unterwegs sind. Schade, dass du es nicht gesehen hast. Echt grausig.«

»Stephan?«

»Was ist denn?« Stephan war so aufgeregt und konnte immer noch nicht begreifen, was er gesehen und erlebt hatte. Er fand es schade, dass Vincent nicht auch aufgefallen war, wie die Typen da drinnen zu Zombies wurden. Noch konnte er kein bisschen zur Ruhe kommen, um Vincent seine Aufmerksamkeit zu schenken.

»Stephan! Schau mich mal an!« Jetzt schlug Vincent einen anderen Ton an, als er merkte, dass ein Flüstern Stephan nicht zur Ruhe bringen würde.

»Ja, Vincent?« Das war offenbar wie eine Ohrfeige, denn Stephan stand jetzt still und schaute Vincent zum ersten Mal an, seitdem sie die Kneipe verlassen hatten.

»Die Gestalten da drinnen haben sich nicht verwandelt! Die ….«

»Doch, wirklich. Ich habe es gesehen Vinc ….«

»Jetzt halt deinen Mund und hör mir zu! Die haben

sich nicht verwandelt! Sie waren schon so, als wir in die Kneipe herein kamen!«

Stephan konnte jetzt nichts sagen. Er musste seine Gedanken sortieren. Jetzt wollte ihn Vincent womöglich auf den Arm nehmen. Das sollte vielleicht nur ein Witz sein? Aber Vincent lachte nicht. Er war absolut ernst. Stephan hoffte einen Augenblick, dass sein Freund gleich anfangen würde, sich zu kringeln. Nein, nichts dergleichen. Es musste die Wahrheit sein. Aber wie war das denn möglich? Warum hat er das nicht gesehen? Wieso hatte Vincent alles erkannt und er nicht?

»Bist du dir sicher?« In der Frage schwang immer noch ein Unterton mit, als würde Stephan darauf warten, dass Vincent plötzlich los lachte und sagte »*Das war bloß ein Witz, Mann.*«

»Ja, bin ich. Ich dachte, du weißt es. Du bist so zielsicher an die Theke gerannt und als du dich mit dem Zombie-Mann unterhalten hattest, wurde mir erst klar, dass du anscheinend blind bist und es nicht erkennst. Ich wollte nichts sagen, weil ich Angst hatte. Ich hatte Schiss, dass der Typ mich hört und … ähm, keine Ahnung, was Doofes macht.«

»Aber warum habe ich das denn nicht gesehen?«

»Ich weiß es nicht. Vielleicht ist es eine Art Tarnung oder so. Keine Ahnung.«

Stephan schüttelte mit dem Kopf, er hatte keinerlei Erklärung dafür, warum diese Tarnung nur bei ihm funktioniert hatte und nicht bei Vincent, wenn es überhaupt eine war. Er musste die Situation so akzeptieren, auch wenn er es keinesfalls verstand und diese Tatsache unerklärlich war. Stephan schaute zurück zur Kneipe, um sich zu vergewissern, dass die Tür immer noch geschlossen und ihnen keiner gefolgt war. »Vincent, schau mal rüber.« Jetzt guckte Vincent auch in die Richtung, in der sich vor ein paar Minuten noch die Kneipe befunden hatte. Anstelle der großen Tür, mit einem Türbogen aus Glas, war an dieser Stelle nur noch eine graue Fläche. Links und rechts daneben befanden sich normale Fenster, die wahrscheinlich zu einer Wohnung gehörten. Die Kneipe war verschwunden. Nur eine Wand war da, als hätte sich hier nie etwas anderes befunden. Stephan schloss kurz die Augen und machte sie gleich wieder auf. Immer noch keine Spur von einer Tür, die eventuell in eine Kneipe geführt hätte.

»Seltsam nicht?«, sagte Vincent auch ziemlich verblüfft, nur eine Wand zu sehen. Er hatte jetzt den sehr großen Wunsch, wieder in seinen Körper zurückzukehren. Was sie in dieser Nacht erlebt hatten, war unglaublich viel und anstrengend gewesen. Vincent blickte sich um. Die große, graue Stadt mit den dunklen Fassaden, schmutzigen Fenstern und Türen, grauen Steinplatten, die den Fußgängerweg bildeten, kam ihm bekannt vor. Das kannte er schon, er hatte es schon mal gesehen. Aber etwas beunruhigte ihn sehr. So viele Geister oder graue Gestalten standen sonst nicht in der Gegend herum. Sie versammelten sich. Sie lauerten. Reglos standen sie da und bildeten einen Kreis um Stephan und Vincent.

Der Zirkel war noch nicht vollkommen, hier und da war noch eine Lücke auszumachen, die schnell von einer hinzu kommenden Gestalt geschlossen wurde. Es war Zeit aufzubrechen. Sie mussten fort von hier, solange es noch nicht zu spät war.

»Stephan, ich glaube, wir sollten jetzt gehen.« Wieder dieses Flüstern aus Vincents Mund.

»Ja gleich, Vincent.« Stephan guckte immer noch auf die graue Wand, als würde er darauf warten, dass die Kneipe wieder erscheinen würde.

»Jetzt! Sofort!« Der Druck in Vincents Stimme war deutlich genug, um Stephan von seinen Gedanken zu lösen. Als er sich endlich umgedreht hatte, verstand er auch die Eile, die Vincent auf einmal zutage legte. »Also los. Denk an deine Zehen!«

Sie versuchten, an die Bewegung der eigenen Zehen zu denken. Beide konzentrierten sich. Stephan merkte sehr bald, dass er ein Problem damit hatte. Er konnte sich nicht auf seine Zehen konzentrieren, er konnte sich nicht mehr erinnern, wie es war, ein Körperteil willkürlich zu bewegen. Selbst, wie sein Zeh ausgeschaut hatte, wusste er nicht mehr. Seine Aufmerksamkeit konnte er nicht von den dunklen Kreaturen abwenden, die immer näher kamen. Als Vincent begann, sich langsam aufzulösen, bekam Stephan Panik. Die Erkenntnis, alleine zu sein, versetzte ihn noch mehr in einen panischen Zustand.

»Vincent, ich schaffe es nicht! Ich kann nicht! Lass mich nicht alleine!« Vincent vernahm noch die Sätze, ganz weit weg und leise. Er war sehr erschrocken über das Gehörte, bevor er komplett aus der Stadt der verlorenen Seelen verschwand. Es war zu spät, um den Vorgang aufzuhalten.

»Lass mich nicht alleine, Vincent! Vincent! Bitte!« Stephan schrie, obwohl sein Freund ihn nicht mehr hören konnte. Er hatte Angst. Solche große Angst, dass er in die Knie ging und sein Gesicht in seinen Händen vergrub, um nicht zu sehen, was als nächstes passierte. Er fing an, zu weinen. Er flennte, wippte seinen Körper hin und her und flüsterte immer noch »Vincent, lass mich nicht alleine. Vincent, bitte, bitte, lasse mich nicht alleine.« Und so bemerkte er nicht, wie der graue Schatten immer größer wurde und näher kam.

Kapitel 14

Stephans Gedanken

… Ich muss meine Zehe bewegen, ich muss … Ich kann nicht. Sie kommen näher. Es ist plötzlich so dunkel und kalt. Ich fühle mich alleine. Vincent ist gegangen. Er hat mich alleine gelassen. Im Stich gelassen. So etwas macht kein bester Freund. Es war alles eine Lüge. Er ist zu Thomas gegangen. Wollte mich loswerden. Er ist nicht mehr mein Freund. Es ist kalt. Die Kälte kriecht in jede Pore meiner Haut, in meine Knochen und in jede Zelle meines Körpers. Was passiert mit mir? Es ist so … gefühllos, ungemütlich, schwarz …

Wo bin ich? Die Straßen kenne ich. Das habe ich schon mal gesehen. Irgendwann … Ist noch nicht so lange her. Es gab doch da diese Kneipe. Ich mochte die Kneipe, meine Freunde, das Bier. Dort war es warm. Ich möchte wieder zurück. Da gehöre ich hin. War ich nicht schon immer hier? In dieser Stadt. Ist das nicht mein Zuhause? Vielleicht habe ich hier mal gewohnt? Ja. Ich denke schon. Ich kann mich nicht wirklich erinnern. Alles ist so weit weg. Es ist so schwer, einen klaren Gedanken zu fassen … Ich bin … Moment … Stephan ist mein Name. Glaube ich. Ich bin mir nicht sicher. Es ist so leer. So leer in meinem Kopf. Ich fühle so wenig, diese Dunkelheit … Hatte ich nicht einen Freund? Vielleicht war es nur ein Traum? Aber … irgendjemand war mit mir hier. Ich war noch vor ein paar Minuten nicht alleine. Es ist weg. Die Erinnerung … Und warum ich hier bin? Um zu verweilen? Jemanden zu besuchen? Vielleicht nur, um ein Bier zu trinken? Ein Bier, das klingt gut. Das werde ich machen. Ein Bier mit meinen Freunden trinken. Vielleicht fällt mir dann wieder ein, was ich eigentlich tun wollte. Warum ich hier bin.

Da ist sie ja, die Kneipe, mein Zuhause. Gleich wird es wärmer. Nein, das muss es nicht. Mir ist nicht mehr kalt. Und auch nicht warm. Genau richtig. Glaube ich … Das spüre ich nicht. Warum diese Gedanken? Ist doch egal. Ich gehe am besten rein und trinke ein Bier.

Kapitel 15

Tag 1

Als Vincent aufgewacht war, zeigte sein Wecker zehn Uhr morgens. Ihm ging es nicht sonderlich gut. Er versuchte, sich die Erlebnisse der letzten Nacht ins Gedächtnis zu rufen. Erst nach einigen Minuten wurden seine Gedanken klarer. Vincent konnte sich daran erinnern, dass Stephan ein Problem beim Zurückkehren in seinen Körper hatte und verzweifelt nach ihm gerufen hat. Er hatte es nicht mehr mitbekommen, weshalb Stephan Schwierigkeiten dabei hatte, wieder zurückzukehren. Er beschloss, Stephan gleich nach dem Duschen anzurufen.

Als er unter der Brause stand, hatte Vincent es plötzlich sehr eilig. Er verteilte das Duschgel rasch über seinen Körper, um es gleich wieder wegzuspülen. Auch die Haare waren in einer Rekordzeit gewaschen. Er hatte kein gutes Gefühl was Stephan anging, deshalb wollte er so schnell wie möglich überprüfen, ob es ihm gut ging.

Nur mit Unterwäsche bekleidet, holte er das Telefon aus dem Flur, setzte sich aufs Sofa und wählte Stephans Nummer. Er ließ es lange klingeln. Schließlich schaltete sich der Anrufbeantworter ein. Er überlegte kurz, ob er etwas drauf sprechen sollte, ließ es dann aber doch sein und legte auf. Vincent wollte es später noch mal versuchen. Vielleicht nach dem Frühstück? Zuerst einmal ging er in die Küche, um sich Toastbrot und Kaffee zu machen. Die Sorge um Stephan ließ ihn nicht los. Er fand es zwar etwas übertrieben, sich so sehr Gedanken zu machen, aber gleichzeitig hatte er Angst, seinen besten Freund in dieser anderen Welt verloren zu haben. Er biss in den Toast, der ihm nicht wirklich zusagte, und guckte angewidert. Es schmeckte irgendwie nach gar nichts. Der Kaffee war zu stark geworden, er kippte ihn in den Ausguss und ließ einen frischen in der Kaffeemaschine durchlaufen. Den Toast aß er nur zur Hälfte und nahm den Telefonhörer erneut in die Hand. Auch wenn Stephans Nummer gespeichert war, drückte er die Wiederholungstaste, um noch schneller zu wählen, und lauschte in den Hörer. Nichts. Bevor sich erneut der Anrufbeantworter meldete, legte Vincent wieder auf.

Kurzerhand beschloss er, zu Stephan zu fahren. Er zog hastig seine Jeans an und streifte einen Pullover über. Den Autoschlüssel konnte er zuerst nicht finden, bis er sich wieder erinnerte, dass Stephan gestern nach dem Frühstück das Auto mitgenommen hatte. Also musste Vincent laufen. Deshalb holte er noch seinen Schal und ein paar Handschuhe aus der Kommode im Flur. Es war sehr kalt heute. Vincent lief schnellen Schrittes zu Stephan, bedauernd, den Wagen nicht zur Verfügung zu haben.

Nachdem er das alte Gebäude erreicht hatte, klingelte er. Als er vor der Haustür stand, klopfte sein Herz lauter und schneller. Seine Hände zitterten. Er war aufgeregt und ängstlich zugleich. Die Haustür war kaputt und unverschlossen. Der Schnapper war schon seit Wochen immer wieder mal defekt. Vincent drückte die Tür nach innen und trat ein. Das Summen oder Stephans Stimme in der Gegensprechanlage wollte er nicht abwarten. Er eilte hoch in den ersten Stock, wo er nochmals an der Haustür klingelte. Nichts. Er lauschte an der Tür, jedoch waren keine Geräusche zu hören. Er überlegte kurz, ob Stephan eventuell beim Einkaufen war. Nein, das konnte nicht sein, da das Auto direkt vor der Tür stand. Vincent klingelte wiederholt und ließ diesmal den Zeigefinger auf der Klingel ruhen. So verharrte er eine halbe Minute lang und wollte schon aufgeben, um wieder nach Hause zu fahren, als schließlich ein langsames Umdrehen des Schlüssels im Schloss zu hören war. Dann wurde die Türklinke nach unten gedrückt, bis schließlich die Tür aufsprang. Vincent beobachtete das Geschehen mit hoher Anspannung. Stephan stand vor der nun offenen Tür und schaute nach unten. Nein, er schaute nicht, sondern er starrte nach unten. Sein Blick war auf einen Punkt zwischen Boden und Vincents Bauch fest gebrannt. Vincent folgte Stephans Blick und sah hinunter, um sich zu vergewissern, ob alles mit seiner Hose in Ordnung war. Als er sich sicher war, dass er sie ordnungsgemäß anhatte und sie weder schmutzig oder löchern war, ging er an Stephan vorbei in die Wohnung. Nachdem sein Freund immer noch unbeweglich da stand, schloss er die Tür hinter sich und ging durch die Wohnzimmertür. Erst als er sich hingesetzt hatte, drehte sich Stephan von der Haustür weg und folgte Vincent ins Zimmer.

»Stephan? Ist alles in Ordnung?« Vincent versuchte,

die richtigen Worte zu finden, um ein Gespräch zu beginnen, aber es gelang ihm nicht sofort.

Stephan sah kurz hoch, um gleich wieder seinen Blick zu senken. Der kurze Moment reichte Vincent, um die Augen seines Freundes zu sehen. Es genügte, um den ausdruckslosen Blick und die dunklen Ränder wahrzunehmen. Nichts war in Ordnung, das wurde Vincent klar. Eine Antwort war nicht mehr notwendig. Auf diese Frage würde er sicherlich keine Reaktion bekommen. Es war nicht mehr sein Freund Stephan. Der Mann, der hier mit hängendem Kopf da stand, war ein Fremder.

»Ja«, krächzte es plötzlich aus Stephans Richtung. Die Antwort kam doch noch, auch wenn erst nach einiger Zeit. Vincent rechnete keinesfalls mehr damit und erschrak. Das, was da in Stephans Körper steckte, machte ihm Angst und er wusste nicht, wie er sich nun verhalten sollte. Er musste irgendwie den Typen da von der Tür weglocken, damit er schnell von hier verschwinden konnte, falls es gefährlich wurde.

»Kann ich ein Glas Wasser haben?«, fiel ihm spontan ein.

Stephan zuckte ganz kurz. Es machte den Eindruck, als würde er sofort in die Küche gehen, um für Vincent etwas zu trinken zu holen. Leider war es nur ein kurzes Schwanken und er blieb weiterhin auf demselben Fleck stehen. Auf Stephans Stirn erschienen einige Denkfalten. Um ihn wieder zu erinnern und noch einen Versuch zu wagen, wiederholte Vincent nochmals seine Frage und hoffte, dass Stephan sich nun in

Richtung Küche bewegen würde. Wieder ein kurzes Zucken, dem diesmal ein paar langsame Schritte Richtung Küche folgten. Endlich versperrte Stephan ihm nicht mehr die Wohnzimmertür. Jetzt, wo sein Fluchtweg freistand und Stephan wohl nicht schnell genug laufen würde, um ihm zu folgen, wollte Vincent einen Versuch wagen, die Wohnung zu verlassen, ohne dicht an dem Fremden vorbei laufen zu müssen. Er stand auf und ging ein paar Schritte auf die Tür zu, falls er schnell verschwinden musste. Er wollte kein Risiko eingehen.

»Stephan, wie ist mein Name?«, fragte er.

Stephan drehte sich zu Vincent um. Die Küche und das Glas Wasser waren wieder in Vergessenheit geraten. Er fing kurz Vincents Blick ein. Erneut dieses Nachdenken, die Falten auf der Stirn, als würde sich Stephan an etwas erinnern wollen, das schon vor einer Ewigkeit passiert war.

»Sag mir meinen Namen, Stephan!«, schrie Vincent und formte seine Hände zu Fäusten. Den plötzlichen Gefühlsausbruch konnte er nicht zurückhalten. »Ich wusste es. Du bist nicht Stephan! Lass meinen Freund in Ruhe und verschwinde aus seinem Körper!«

Stephan stand da und grinste. Seine Mundwinkel wanderten nach oben und bildeten eine dümmliche Grimasse. Vincent hätte ihm am liebsten die Faust ins Gesicht geschlagen, wenn es nicht der Körper seines Freundes gewesen wäre. Er drehte sich um und ging zur Haustür. Im Flur nahm er den Autoschlüssel vom Regal und verließ die Wohnung. Die Tür ließ er laut hinter sich ins Schloss fallen. Als er aus dem Altbau hinaus getreten war, ging er um die Gebäudeecke und ließ sich an der Fassade entlang auf den Boden hinunter gleiten, anschließend zog er die Knie an und vergrub das Gesicht in den Händen. Er hatte das Bedürfnis einen Moment darüber nachzudenken, was mit Stephan passiert war und was er nun unternehmen musste, um ihm zu helfen. Aber er wusste noch nicht wie. Sein Gesicht noch in den Händen vergraben, fing Vincent an, zu weinen. Die Tränen liefen ihm die Wangen hinunter und hinterließen auf dem Pflaster einen nassen Fleck. Er wollte seinen Freund keinesfalls verlieren, vor allem nicht an eine Welt, die so dunkel und böse war.

Vincent war froh, dass er den Schlüssel für den Golf mitgenommen hatte. Jetzt war es nicht notwendig, zu laufen. Er beschloss kurzerhand, zu Thomas zu fahren. Sein Verlangen danach, mit jemandem darüber zu reden, war enorm und der Einzige, der in Frage kam, war Thomas. Er war der Einzige, der in die Thematik eingeweiht war.

Als Vincent wieder vom Boden aufgestanden war, fühlte er sich absolut durchgefroren. Seine Finger waren eiskalt und seine Zehen taub. Die ersten paar Meter, die er lief, glichen einer Folter. Erst als das Blut in seinen Gliedmaßen anfing, normal zu zirkulieren, konnte er gehen. Er stieg ins Auto ein und war froh, als der Wagen problemlos startete.

Kapitel 16

Thomas war sehr verwundert, Vincent schon zu so einer frühen Stunde vor seiner Tür zu sehen. Er saß am Frühstückstisch, als es an der Tür geklingelt hatte. Thomas Mutter war wie immer freundlich und lud Vincent dazu ein, mit ihnen zu speisen. Nachdem er heute kaum etwas Zuhause gegessen hatte, nahm er das Angebot gerne an und setzte sich an den Esstisch dazu. Thomas wies abermals eine puterrote Gesichtsfarbe auf, nachdem seine Mutter ihn ständig wie ein Kleinkind behandelte.

»Trink noch die Milch, bevor ihr auf dein Zimmer geht«, sagte seine Mutter.

»Ja, mach ich doch«, antwortete Thomas.

Es war nicht zu übersehen, dass Thomas sich mit dem Kauen beeilte, um so schnell wie möglich das Esszimmer verlassen zu können.

»Stopf es doch nicht so in dich rein, Thomas. Sonst verschluckst du dich«, ermahnte ihn seine Mutter, worauf dessen Gesichtsfarbe noch dunkler wurde.

»Lass ihn doch«, murmelte sein Vater, woraufhin er sich einen bösen Blick von seiner Frau einfing.

Dabei wollte Thomas sich nicht nur aus einem Grund mit dem Essen beeilen. Ihm war nicht entgangen, dass es Vincent keineswegs gut ging. Er wollte nur so schnell wie möglich erfahren, was los war und warum er alleine und unangekündigt bei ihm aufgetaucht war. Dass er ohne Stephan zu Besuch kam, musste einen Grund haben, denn die beiden waren normalerweise wie siamesische Zwillinge. Erst als er sah, dass Vincent sein Brötchen fertig gegessen hatte, nahm er seine Tasse mit Kaffee in die Hand und richtete sich auf.

»Komm Vincent, wir trinken den Rest bei mir im Zimmer.«

Vincent stand auf, bedankte sich für das Frühstück und nahm seine Tasse ebenfalls in die Hand. Sie gingen die Wendeltreppe hoch ins Zimmer. Thomas schloss die Tür hinter sich und nahm auf seinem Schreibtischstuhl Platz.

»Was ist denn los? Wo ist eigentlich Stephan?«

Vincent sah traurig aus, als er zu sprechen begann.

»Es ist etwas Schlimmes passiert. Ich weiß nicht, wie ich es erklären soll, aber Stephan ist nicht mehr er selbst.«

»Wie meinst du das?«

»Er ... Er ist drüben geblieben, äh ... in der anderen Welt. Er ist nach einer gemeinsamen Reise nicht mehr zurückgekommen und ich glaube, dass sich jemand Fremdes in seinem Körper befindet. Er hatte irgendwie Schwierigkeiten damit, sich zurückzubefördern. Das habe ich erst mitbekommen, als ich schon beinahe wieder drüben verschwunden war.« Vincent wischte sich mit den Händen über die Augen. »Es war so schrecklich, Thomas. Es waren so viele graue Gestalten dort. Stephan hatte so furchtbar Panik.« Er schnaufte tief durch. »Ich konnte nicht mehr zurück, um ihm zu helfen.«

Jetzt musste Vincent sich auch setzen. Ihn plagte auf

einmal schlechtes Gewissen. Er hatte seinen Freund im Stich gelassen, dort drüben, wo er ebenfalls zu so einem dunklen Wesen wurde. Er hätte das ganze Experiment nicht fortführen dürfen und auch Stephan davon abbringen müssen, weiterzumachen. Das hatte er leider nicht getan. Sie waren völlig vernarrt in die Idee gewesen, gemeinsam etwas zu erleben und zu erforschen. Das war nun das Ergebnis. Er hatte seinen besten Freund auf dem Gewissen.

»Sag, dass das nicht wahr ist! Sag, dass es nur ein Witz ist!« Thomas konnte jetzt wieder sprechen. Eine Zeit lang hatte er das Gefühl, sich im falschen Film zu befinden oder sich alles hier nur einzubilden.

»Leider ist es kein Witz, Thomas.« Vincent vergrub sein Gesicht in den Händen, um besser nachdenken zu können. »Ich war vorhin bei ihm in der Wohnung und das, was in Stephans Körper steckt, ist hundertprozentig nicht Stephan.« Jetzt schaute Vincent wieder hoch zu Thomas. »Es machte mir Angst. Es war nicht Stephan. Es bewegte sich wie eine Marionette. Verstand mich nicht. Glotzte so dämlich. Sorry …«

»Ich habe euch doch schon die ganze Zeit gesagt, dass ihr mit euren blöden Experimenten aufhören sollt. Ihr wolltet nicht auf mich hören!« Thomas war sehr aufgeregt und gleichzeitig froh, bei dieser Sache nicht mitgemacht zu haben. Er hatte auch Angst um Stephan und versuchte nachzudenken, wie man ihm helfen könnte. »Hast du jetzt irgendeine Idee, wie wir ihn wieder zurückbringen könnten?«

»Leider nicht wirklich. Ich habe zwar einiges über das

Austreten in Büchern gelesen, aber nirgendwo, was man in solch einer Situation machen könnte. Sein Körper ist besetzt, das ist jetzt mal ein Fakt. Wie man ihn wieder befreit – keine Ahnung!« Vincent stellte die leere Tasse auf dem Tisch ab. »Ich würde alles tun, um meinen Freund zurückzubekommen.«

»Glaubst du, du könntest Stephan wiederfinden? Ich meine, dort wo er zurückgeblieben ist, wo du ihn verlassen hast?« Schon beim Aussprechen des Satzes wurde Thomas bewusst, dass dies wie ein Vorwurf klang.

»Ich habe ihn nicht verlassen! Was soll das denn? Willst du mir jetzt die Schuld dafür geben, dass er zu blöd war, seinen verdammten Zeh zu bewegen?« Vincent stand auf und wollte gehen. Die Situation war ihm zu viel und er wollte nicht für etwas die Schuld tragen, wofür er nichts konnte.

Thomas hielt ihn an seiner Schulter zurück. »Beruhige dich doch. So war das nicht gemeint, Vincent. Ich meinte den Ort, an dem du ihn verloren hast. Denkst du, du könntest ihn dort wiederfinden?«

»Ich weiß es nicht. Keine Ahnung, ob er sich immer noch an der Stelle befindet oder woanders.«

In dem Moment dachte aber auch er, dass dies die einzige Möglichkeit war. Es wäre einen Versuch wert, aber er musste sehr aufpassen, damit ihm nicht das Gleiche passierte. Er musste Stephan in der anderen Welt wiederfinden und ihn zurückbringen. Dorthin, wo er hingehörte. In seinen Körper.

»Ich werde es versuchen, Thomas. Ich hoffe, dass ich

ihn wiederfinden kann. Aber was ich sonst noch tun könnte, wenn das nicht funktioniert, habe ich keine Ahnung. Aber ...ich muss ihn finden. Irgendwie.«

»Das klingt vernünftig.« Thomas versuchte zu lächeln. »Ich hoffe, es klappt und ich wünsche dir viel Glück dabei. Und pass bitte gut auf dich auf.«

Thomas hatte Angst, dass er auch noch Vincent verlieren würde. Er hätte zu viel Furcht, um zu versuchen, beide zu retten. Abgesehen davon glaubte er nicht, dass er es schnell genug schaffen würde, eine Seelenreise zu unternehmen, wie es seine beiden Freunde bereits beherrschten. Bis er so weit sein würde, wären Stephan und Vincent verloren. Das wollte er nicht. Es waren seine zwei einzigen Freunde und er wollte nicht auf sie beide verzichten. Sie zeigten ihm, wie schön das Leben und Freundschaften waren, und dass es andere Dinge, außer Uni und Computer, gab. Er konnte wieder lachen und war dankbar dafür, so akzeptiert zu werden, wie er eben war. Bisher war das nie möglich gewesen.

Als Vincent aus dem Haus ging, hatte Thomas glasige Augen. Er hoffte, dass er Vincent nicht zum letzten Mal gesehen hatte.

Kapitel 17

Gegen drei Uhr war Vincent wieder zu Hause. Früher Nachmittag, eindeutig noch zu zeitig, um sich schlafen zu legen und eine Seelenreise zu versuchen. Trotzdem wollte er es probieren, obwohl er noch kein bisschen müde war. Sein Wunsch so schnell, wie nur irgendwie möglich, etwas für Stephan zu tun, veranlasste ihn dazu, zu handeln. Er hatte das Gefühl, dass seine Chancen ihm zu helfen, immer geringer wurden, je mehr Zeit verstrich. In der Hoffnung ein Bier würde ihn müde machen, entnahm er eine Flasche aus dem Kühlschrank. Er trank es auf einmal aus. Die Müdigkeit wollte ihn jedoch nicht überkommen. Vincent machte den Fernseher an und legte sich aufs Sofa. Nachdem er ein paar Mal die Programme durchgezappt hatte, um etwas Langweiliges zu finden, irgendetwas, das ihn schläfrig machte, gab er es auf und schaltete den Fernseher wieder aus. Nachdem er ein zweites Bier getrunken hatte, legte er sich aufs Sofa und machte die Augen zu. Müdigkeit zu erzwingen, erschien in dem Moment wie ein Ding der Unmöglichkeit. Vincent dachte zurück an seinen letzten Arztbesuch, bei dem er trotz eines Termins eine Stunde warten musste, bis er endlich drankam. So fühlte er sich in dem Augenblick. Das ewige Warten auf etwas, was bald geschehen sollte. Der Unterschied war nur, dass er beim Arzt wenigstens ein paar Zeitschriften durchblättern konnte, um sich die Zeit zu vertreiben. Jetzt, als er die Augen geschlossen hielt, sah er nichts, als einen dunklen Hintergrund. Schwarze, feinkörnige Sandkörner, die rund und alle gleich groß waren. Sonst nichts. Nur dieser verdammte dunkle Sand, der es ihm nicht erlauben wollte, einzuschlafen. Vincent fing an, die Sandkörner zu zählen und als er bei dem vierzigsten angelangt war, umgab ihn dann doch ein tiefer Schlaf.

Er wurde erst am Abend wieder wach. Die Enttäuschung darüber, dass er diesmal normal geschlafen hatte und sich noch nicht auf die Suche nach Stephan machen konnte, war äußerst groß. Obwohl er gut geruht hatte, fühlte er sich immer noch sehr müde. Ihn plagten leichte Kopfschmerzen in der Schläfengegend.

Vincent kuschelte sich erneut in seine Decke ein, um es nochmals mit der Seelenwanderung zu versuchen. Er machte die Augen zu und wartete darauf, dass der Halbschlaf eintrat. Vergebens. So sehr er sich bemühte einzuschlafen, es klappte einfach nicht. Alle paar Minuten machte er die Augen wieder auf, um auf die Digitalanzeige des Weckers zu schauen. Jetzt war es bereits zehn Uhr und er fühlte sich immer noch nicht müde. Vincent machte erneut die Augen zu und versuchte, über viele Dinge aus seinem Alltag nachzudenken. Langsam versank er in diesen Gedanken. Das letzte Mal, als er auf die Uhr guckte, zeigte die Anzeige kurz vor elf an. Schließlich schlief Vincent doch noch ein. Nein, nicht wirklich. Er schlief nicht richtig ein, sondern befand sich in einer Halbschlafphase, so wie er sich das gewünscht hatte.

Als er die Augen wieder öffnete, stand er neben seinem schlafenden Körper und war erfreut, dass es endlich geklappt hatte. Zuerst dachte er an die Brücke, die sich bei der Blumenwiese befand, die er von seinem Besuch mit Stephan kannte. Beinahe in der nächsten Sekunde fand er sich dort wieder. Er sah sich um und ging anschließend über die Brücke, um auch auf der anderen Seite nachzusehen. Keine Spur von Stephan. Hier war er nicht. Vincent ging noch ein paar Schritte den Kiesweg entlang, aber konnte niemanden entdecken. Nicht einmal eines der dunklen Wesen, war hier zu sehen. Wie beruhigend. Im Wald hörte man die Vögel singen und auf der Wiese flatterten lediglich Schmetterlinge umher. Vincent kam nun zu der Ansicht, dass es Zeitverschwendung wäre, hier weiter zu verweilen. Er dachte an die Kneipe beziehungsweise an die dunkle Gasse, in der sich die Kneipe befand. In der nächsten Sekunde stand er vor der Tür mit dem dreckigen Bogen aus Glas. Auch wenn der Eingang das letzte Mal verschwunden war, gab es ihn jetzt doch wieder. Als Vincent sich umdrehte, sah er nur die Dunkelheit der Stadt und den dichten Nebel, der in jeden Winkel hinein kroch. Er ging auf die Tür der Kneipe zu und öffnete sie. Die Menschen und das Inventar in der Kneipe waren unverändert. Menschen mit leerem Blick und spitzen Eckzähnen, die in dem Raum verweilten und ihr Bier tranken. An der Bar saß der Mann, den Stephan ihm beim letztem Besuch vorgestellt hatte. Vor dem Mann stand wie damals ein Bierkrug. Er starrte abermals an die Wand hinter dem Tresen. Zum jetzigen Zeitpunkt mit diesem Mann zu sprechen, hielt Vincent nicht für notwendig. Er würde ganz sicher keine vernünftigen Antworten bekommen. Er sah sich kurz die Anwesenden in dem Raum an und hoffte, Stephan irgendwo zu entdecken. Vincent war optimistisch, aber er hatte auch Angst davor, seinen Freund als einen von ihnen zu sehen. Als ein Wesen, dessen Seele so dunkel geworden war. Er hoffte, dass es noch nicht zu spät war, um dies zu verhindern.

In der Kneipe konnte er seinen Freund nicht finden. Er verließ diesen furchtbaren Raum. Draußen vor der Tür atmete Vincent laut aus. Bei dem Geräusch erschrak er, denn er hatte nicht damit gerechnet, dass es sich wie ein lautes Knistern anhören würde. Er versuchte, nun die Luft in seine Lungenflügel etwas flacher und vor allem leiser hinein fließen zu lassen.

Er überlegte kurz, was er als Nächstes tun könnte. Es gab nur zwei Möglichkeiten. Die eine war, wieder in seinen Körper zurückzukehren, die zweite, weiter nach Stephan zu suchen. Er beschloss, sich noch etwas in der Stadt hier umzusehen. Die Straßen waren alle dunkel und düster, die Fassaden der Häuser grau und schmutzig. Jede Straße, die er neu betrat, sah nicht anders aus als die, die er soeben hinter sich gelassen hatte. Nur die Haustüren und Fenster unterschieden sich etwas voneinander. Einige waren größer, die anderen wiederum kleiner. Manche Fenster hatten Fensterläden und andere gar keine. Über den meisten Haustüren befand sich ein Bogen aus Glas, aber es gab auch Türen, die schlicht und rechteckig waren und ohne weitere Verzierungen. Die Glasflächen sahen jedoch alle gleich dreckig aus. Hier gab es keine Unterschiede. Vincent versuchte, immer in die gleiche Richtung zu laufen, um nicht zwei Mal dieselbe Straße zu begehen. Seine Schritte waren zügig, aber langsam genug, um nichts zu übersehen. Hin und wieder sah er einen Schatten in einer der zahlreichen Nischen stehen. Diese Schatten bewegten sich kein bisschen. Sie starrten ihn nur an. Jedes Mal hoffte er, dass es nicht Stephan war. Ihn als einen Geist, Zombie oder solch einen Schatten zu sehen, wäre für Vincent unerträglich gewesen. Er versuchte, diese Kreaturen zu umgehen, und wechselte die Straßenseite, um ihnen nicht direkt zu begegnen. In solchen Momenten lief er etwas schneller.

Er hatte bereits viele Straßen gekreuzt, als er jemanden um die nächste Hausecke abbiegen sah. Von der Statur her konnte es sich um Stephan gehandelt haben und Vincent versuchte die Person einzuholen. Er hatte nur einen einzigen Blick erhaschen können, bevor die Gestalt um die Ecke verschwand, sodass sich Vincent nicht sicher war. Jedoch hatte er große Hoffnung. Sein Herz klopfte etwas schneller und er spürte die Aufregung, die in ihm empor stieg. Als er um die Ecke bog, konnte er die Person wieder nur kurz sehen. Vincent war sich jedoch nun etwas sicherer. Es konnte durchaus Stephan sein. Er sprintete sofort los, um ihn einzuholen. Als er um die Ecke angerannt kam, stand die Gestalt mitten auf der Straße und rührte sich nicht. Vincent ging ein paar Schritte darauf zu, um das Gesicht besser erkennen zu können, was sich in dieser düsteren Umgebung als schwierig erwies. Erst als er nur noch etwa drei Meter entfernt war, war er sich sicher. Es war Stephan. Etwas verändert, aber es war sein Freund. Er musste es sein.

»Stephan?« Vincent hoffte, dass er zu ihm rüber blicken würde, jedoch rührte er sich nicht von der Stelle. Stephan schaute nur vor sich hin. Er starrte regelrecht.

»Stephan!«, schrie Vincent auf. Immer noch keine Reaktion. Er wusste nicht, was er tun sollte. Etwas Angst, näher an seinen Freund heranzutreten, hatte er auch. Die Befürchtung, dass er sich wie die übrigen Gestalten aus dieser Welt benehmen würde und ihn plötzlich mit spitzen Zähnen und leuchtenden Augen angreifen könnte, nahm ihm den Mut. Dennoch nahm er all seine Entschlossenheit zusammen und trat mit zittrigen Beinen noch einen Schritt auf Stephan zu. Weiter traute er sich nicht.

Stephan drehte sich plötzlich um und ging leichtfüßig davon. Man hatte den Eindruck, als würde er über dem Boden schweben.

»Stephan, warte!« Vincent lief jetzt auch schneller. Er war etwas verunsichert und überrascht über diesen plötzlichen Aufbruch. Als sein Freund oder das, was von ihm übrig war, nochmals um die Ecke verschwand, beschleunigte Vincent nun sein Lauftempo, um ihn nicht aus den Augen zu verlieren. Er erreichte schließlich auch die Hausecke und hoffte, dass Stephan keinesfalls spurlos verschwunden war. Stephan lief weiter, Vincent rief wieder seinen Namen. Sein Freund drehte sich nicht um, im Gegenteil, er baute den Abstand zwischen ihnen noch mehr aus. Vincent lief wieder los und spürte plötzlich ein leichtes Ziehen an seinem Rücken. Das war seine Schnur. Seine Lebensschnur. Die Schnur, die seinen Körper mit seiner Seele verband. Sie fühlte sich dünner an und etwas zog daran. Es blieb ihm nichts anderes übrig, als wieder zurückzukehren. Er konnte nicht länger hier verweilen, sonst würde er ebenso wie Stephan hierbleiben müssen. Vermutlich für immer. Das wollte er keinesfalls. Davor hatte er Angst. Sein bester Freund würde noch mehr Zeit alleine in dieser hässlichen Welt ausharren müssen, wenn er jetzt diese Welt verlassen würde. Vincent war aber gleichzeitig bewusst, dass er ihm nur helfen konnte, wenn er jetzt zurück in seinen Körper ging. Wenn er bei ihm bleiben würde, dann gäbe es kein Zurück mehr. Weder für ihn noch für Stephan.

Als er um die nächste Ecke kam, verschwand sein Freund wieder aus seinem Blickfeld. Weiter konnte Vincent ihm nicht folgen. Er dachte an seine Zehen. Er musste seine Zehen bewegen. Dunkelheit umgab ihn und als er seine Augen öffnete, war sein Zimmer vollkommen hell. Es war schon Mittag. Vincent konnte es nicht fassen, als er sah, dass die Uhr halb zwölf zeigte. Viele verschiedene Gefühle durchströmten gleichzeitig seinen Körper. Einerseits war er froh,

Stephan gesehen zu haben, und anderseits enttäuscht, es nicht geschafft zu haben, ihn zurück nach Hause zu bringen. Während er unter der Dusche stand und sich ein spätes Frühstück machte, begann er, neue Pläne zu schmieden. Beim nächsten Mal wollte er direkt in den Straßen der Stadt suchen und keine Zeit mehr an anderen Orten verschwenden. Vielleicht hatte er dann eher die Möglichkeit, Stephan durch Zureden zu erreichen.

Kapitel 18

Stephans Gedanken

Ich laufe durch die Gassen, auf der Suche nach etwas. Was ich suche? Ich weiß es nicht. Das alles ergibt nicht viel Sinn, aber ich laufe geradeaus und manchmal auch nach rechts oder links. Ich muss es finden. Ich weiß aber noch nicht was.

Der Mann hinter mir, der plötzlich aus dem Nichts aufgetaucht ist, ärgert mich. Er ruft dauernd etwas. Es hört sich so leise und so weit weg an. Ich kann es nicht verstehen. Es hat keinerlei Bedeutung. Er soll mich in Ruhe lassen. Es geht mir tierisch auf die Nerven. Ich werde von ihm verfolgt, schon seit einiger Zeit. Ich weiß nicht wie lange. Am besten ich laufe noch schneller. Weg von ihm. Was will er denn von mir? Er soll mich doch in Ruhe lassen.

Was hat er gerufen? Stephan? Meint er mich damit? Warum nennt er mich so? Ich heiße … Das fällt mir jetzt in dem Moment keinesfalls ein. Ist weg, mein Name. Stephan … Hmmm … Kommt mir plötzlich bekannt vor. Ich weiß nicht woher. Aber vielleicht habe ich auch mal einen Stephan gekannt? Das könnte möglich sein. Muss wohl schon sehr lange her sein. Sehr lange her. Wie lange genau? Ich weiß es nicht. Das ist ja auch nicht so wichtig.

Er soll mich damit in Ruhe lassen. Ich kenne keinen Stephan. Soll er doch woanders nach einem Stephan suchen. Ich bin … Auf jeden Fall heiße ich anders. Ich renne ihm am besten davon, damit ich meinen Frieden habe. Ich hasse diesen Mann, er nervt. Hier ist genug Platz, er kann doch woanders suchen.

Ich habe ihn abgehängt. Er ist nicht mehr da. Endlich ist es wieder still. Nein, da ist er schon wieder. Wenn er mich nicht bald in Ruhe lässt, dann muss ich ihm wehtun. Ich bleibe am besten stehen und wenn er nah genug ist, dann ... dann. Er kommt näher und schreit. Er soll verschwinden, ich kann es sowieso nicht verstehen. Was will er denn, wieder der Name. Ich bin nicht Stephan. Oder ... Am besten gehe ich weg, renne davon. Ich will das nicht mehr hören.

Er verfolgt mich wieder. Ich bin schneller. Am besten biege ich an der nächsten Ecke ab und an der übernächsten auch. Wenn ich schnell genug bin, dann werde ich ihn los, diesen nervigen Mann. Ich glaube, er ist nun weg. Ich sehe ihn nicht mehr. Endlich. Es ist wieder so, wie es sein soll. Ruhig. Jetzt kann ich weitersuchen. Wonach? Ich weiß es noch nicht. Aber ich werde es bald finden. Bald weiß ich es. Schon bald wird alles einen Sinn haben. Bald ...

Kapitel 19

Tag 2

Auf der anderen Straßenseite sah er Stephan stehen. Er stand vor dem kleinen Laden, indem man Handys und Handyverträge kaufen konnte. Stephan guckte durch das Schaufenster. Vincent rief seinen Namen. Das war viel zu leise, um den Lärm der fahrenden Autos zu übertönen. So viel Verkehr. Er rief noch mal den Namen seines Freundes. Vergeblich. Stephan schaute weiterhin durch die Glasscheibe und bewunderte die neuesten Handys. Vincent guckte nach links und wartete, bis die Autos eine größere Lücke bildeten, damit er bis zur Mittellinie der Straße durchdringen konnte. Er ließ mehrere Pkw's vorbei fahren, bis er sich entschlossen hatte, eine etwas größere Lücke zu nutzen. Als der Mercedes vorbei gefahren war, sprintete er los und erreichte die Mittellinie, kurz bevor der VW Bus hinter seinem Rücken vorbei rauschte. Vincent rief erneut Stephans Namen. Keine Reaktion. Von rechts kamen so viele Autos, dass er es nicht wagen konnte, wieder loszusprinten. Vincent sah, wie Stephan sich plötzlich vom Fenster abwandte und davon ging. Vincent geriet in Panik und fühlte sich jetzt noch mehr unter Druck gesetzt, auf die andere Straßenseite zu gelangen. Er durfte ihn nicht aus den Augen verlieren. Nicht jetzt, wo er so nah dran war. Vincent lief los. Der LKW, der von rechts ankam, fuhr hupend heran, aber er war schon viel zu nahe und zu schnell, um rechtzeitig bremsen zu können. Vincent schloss die Augen und schrie.

»Nein!« Er machte schreiend die Augen auf und sah sich um. »Das war nur ein Traum. Das war nur ein verfluchter Traum.« Vincent versuchte, sich selbst zu beruhigen. Komplett durchgeschwitzt, richtete er sich auf seinem Schlafsofa auf. Die Angst war ihm immer noch ins Gesicht geschrieben.

Er hatte es nicht geschafft, noch mal aus seinem Körper auszutreten. Die Verärgerung darüber, verschwand aber gleich wieder, als er sich an gestern Abend erinnerte. Zwei Reisen so kurz hintereinander waren unwahrscheinlich. Sein Körper musste sich erholen. Das wusste er eigentlich, obwohl er es sich heute Nacht gewünscht hatte, ein zweites Mal zu reisen.

Der Traum war so real gewesen und Stephan so echt. Er hatte seinen Freund heute Nacht zum zweiten Mal gesehen, auch wenn er nur geträumt hatte. Normaler Schlaf und ein stinknormaler Traum konnten Stephan nicht retten. Vincent war etwas enttäuscht und traurig. Er nahm sich vor, es heute Abend wieder zu versuchen. Jetzt machte es keinen Sinn. Er sah auf die Uhr. Vor zwei Stunden war er wach geworden. Er fühlte sich ausgeschlafen und erholt, was absolut schlecht für sein Vorhaben war, denn das wollte er nicht. Heute Abend musste er erneut müde sein. Er erinnerte sich wieder daran, dass er noch eine halbe Flasche Martini Blanco im Kühlschrank hatte. Die musste er trinken, aber keinesfalls sofort, erst heute Abend und auch nur, falls er nicht müde sein sollte.

Jetzt war er viel zu ausgeschlafen. Vincent schaute in den Kühlschrank, um sich zu vergewissern, dass die Flasche Martini tatsächlich noch da war. Sie war sogar noch dreiviertel voll. Das war gut. Sehr gut sogar. Er musste alles genau planen. Der Versuch heute Abend durfte nicht scheitern. Stephans Leben stand auf dem Spiel. Sein Freund musste gerettet werden. Aber zuerst wollte er seinen knurrenden Magen beruhigen und sich ein reichhaltiges Frühstück gönnen.

Als Vincent frühstückte, läutete es an der Tür. Er betätigte den Drücker und ging zum Treppenhaus, um durch das Treppenloch runter zu gucken. Er konnte sehen, wie jemand langsam die Stufen hochging und sich dabei am Geländer festhielt. Es war Thomas. Es dauerte eine Weile, bis er im fünften Stock angekommen war.

»Hallo Vincent«, rief er, als er sich auf dem letzten Zwischenpodest befand. Thomas blieb stehen, um die Antwort abzuwarten. Erst als er »Hallo Thomas« hörte, ging er die restlichen Stufen nach oben. Jetzt war er sich sicher, dass Vincents Körper nicht von einer fremden Seele belegt wurde, wie es bei Stephan der Fall war. Wenn es so gewesen wäre, hätte Vincent bestimmt nicht so geantwortet beziehungsweise wahrscheinlich gar keine Antwort gegeben. Nachdem Vincent ihm von Stephan erzählt hatte, wollte er lieber auf Nummer sicher gehen.

»Und gibt es etwas Neues?«, fragte Thomas, als er in die Wohnung hinein ging.

»Ja, ich habe heute Nacht Stephan gesehen.«

»Und?« Thomas war jetzt hellhörig und hoffte, etwas Positives zu hören.

»Ich habe versucht, mit ihm zu reden, aber er hat nicht reagiert. Er guckte mich nur an, erkannte mich jedoch nicht. Zumindest machte es den Eindruck. Später lief er dann vor mir weg. Ich wollte ihn einholen, bis ich merkte, dass ich wieder zurück musste, um nicht auch besetzt zu werden.«

»Vernünftig. Aber ist er jetzt auch so ein Zombie geworden?«

»Ich glaube noch nicht ganz, aber er hat überhaupt nicht auf mich reagiert. Es wird ziemlich schwer sein, ihn nach Hause zu holen.« Vincent stand auf. Es war nicht zu übersehen, dass er gegen seine Tränen ankämpfte. Er holte noch eine zweite Tasse aus der Küche und schenkte Thomas Kaffee ein. Ihn zu fragen, ob er etwas essen wolle, war nicht notwendig gewesen. Thomas hatte sich selbst eine Scheibe Brot aus der Tüte genommen und war gerade dabei, Nutella darauf zu verteilen.

»Thomas, jetzt muss ich dich was fragen. Stimm aber nur zu, wenn du es wirklich machen möchtest. Ich habe da so eine verrückte Idee. Kannst du dir vorstellen auch zu üben? Ich glaube, zu zweit wäre es besser und einfacher, Stephan zu retten. So als eine Art Sicherheit. Um aufeinander aufzupassen bei so einer Reise.« Erwartungsvoll sah er Thomas an.

»Ich glaube nicht, dass ich so was kann, auch wenn ich es wollte.« Thomas musste jetzt an die grässlichen

Gestalten und Geister denken, über die Stephan und Vincent berichtet hatten, und war sich eigentlich ziemlich sicher, dass er so etwas nicht wirklich erleben wollte.

»Ich würde es dir erklären und mit dir üben.« Vincent hoffte auf seine Zusage und Unterstützung, die er dringend benötigte. Ihm war bewusst, dass Thomas Angst hatte und bis vor kurzem nichts darüber wissen wollte. Noch vor einigen Wochen hatte Thomas an diese Dinge nicht einmal geglaubt, was sich nun anscheinend geändert hatte.

»Ich bin jetzt nicht wirklich davon begeistert, aber ich kann es versuchen. Immerhin ist Stephan auch mein Freund.« In seinem Ton lag Unsicherheit.

Vincent legte eine Hand auf seine Schulter und sah ihn dankbar an.

Thomas wollte sein Bestes tun und so weit helfen, wie er konnte, auch wenn sich in diesem Moment sein Magen alleine beim Gedanken daran völlig umdrehte. Das Gefühl, sich dieser Gefahr auch aussetzen zu müssen, so wie Stephan es schon getan hatte, machte ihm Angst und eigentlich war er für solche Dinge viel zu feige und von Natur aus kein Held.

»Danke, Thomas.« In Vincents Gesicht spiegelte sich große Dankbarkeit. Er hoffte, dass Thomas schnell Fortschritte machen konnte und sie nicht zu viel Zeit verlieren würden. Thomas musste fleißig sein und Mut haben, um mit ihm in die andere Welt zu gelangen. Vincent brauchte ganz dringend Unterstützung und Rückhalt.

Vincent ging zu seinem Bücherregal und entnahm ihm zwei Bücher, die er für den Anfang am geeignetsten empfand.

»Die liest du noch heute und gehst dann ins Bett, um die ersten Übungen zu machen.« Vincent reichte ihm beide Bücher, die nicht wirklich dick waren. Circa hundertsechzig Seiten pro Buch, das musste machbar sein. Wenn Thomas sofort mit dem Lesen begann, sobald er zu Hause angekommen war, müsste er bis Mitternacht oder spätestens um ein Uhr fertig gelesen haben. Wenn er noch nicht zu müde war, dann würden ihm vielleicht schon die ersten Übungen gelingen. Es war ihm bewusst, dass es sich um ein schönes Wunschdenken handelte. So schnell konnte keiner Fortschritte machen.

»Deine erste Übung, die aus diesem Buch hier, ...« Vincent zeigte auf das Buch mit dem roten Umschlag. »... ist es, deine Seele in meine Wohnung zu befördern. Ich werde heute Abend eine Spielkarte auf den Schreibtisch legen und du wirst mir morgen sagen, was für eine Karte dies war.«

»Meinst du wirklich, dass ich so was schon heute Nacht vollbringen kann? Etwas schnell, meinst du nicht?« Thomas schüttelte den Kopf, besorgt darüber, was von ihm erwartet wurde.

»Du sollst es versuchen. Wenn es nicht klappt, dann vielleicht nächste Nacht? Wir haben nicht viel Zeit und es muss leider schnell gehen. In den Büchern ist es sehr gut erklärt, sodass es dir durchaus schnell gelingen kann. Na ja, ich habe es seinerzeit nicht so schnell geschafft, was allerdings daran lag, dass ich es mit dem Üben nicht so ernst genommen habe.« Vincent wusste, dass er schier Unmögliches verlangte. Er rechnete auch gar nicht damit, dass Thomas es diese Nacht schon schaffen würde. Sein Ziel war, ihn auf das Schlimmste vorzubereiten. Er wollte, dass er sich in die Thematik einlas und eventuell handeln konnte, falls Vincent auch in der anderen Welt bleiben musste. Eigentlich sehr egoistisch gedacht, kam es ihm in dem Moment in den Sinn. Warum sollte Thomas mehr Chancen haben, sie beide zu retten? Sehr unwahrscheinlich.

»Na schön. Ich werde jetzt heimgehen und lese diese zwei Bücher hier. Mehr kann ich dir nicht versprechen.« Thomas stand entschlossen auf und zog seine Jacke über, die er vorhin auf Vincents Sofa geschmissen hatte.

»Schon gut.« Vincent begleitete Thomas zur Tür und sah ihm nach, als er die Treppe hinunter ging.

An diesem Nachmittag versuchte Vincent, sich mit Lernen die Zeit zu vertreiben. Es gelang ihm nicht wirklich. Zwischendurch sah er ein wenig fern. Als es früher Abend wurde, ging er ins Bad und ließ sich Wasser in die Wanne ein. Das warme Bad machte müde. Danach eine halbe Flasche Martini, das war einen Versuch wert. Als das Wasser eingelaufen war und der Badeschaum weiße Wolken bildete, stieg er rein und lehnte sich zurück. Das tat gut und er fühlte sich wohl in der angenehmen Wärme. Er blieb fast eine Stunde in der Wanne liegen. Als das Wasser kalt wurde, ließ er etwas heißes Wasser nachlaufen. Als sich schließlich seine Hände schrumpelig anfühlten, stieg er aus der Badewanne und machte es sich auf dem Sofa gemütlich.

Die Programme wurden erneut von oben nach unten und wieder zurück gezappt, auf der Suche nach etwas Schnulzigem oder Langweiligem. Schließlich fand er ein Drama und hoffte, es würde ihn müde machen. Den Film mit dem Titel »Stadt der Engel« kannte er noch nicht, aber der Kurzbeschreibung nach klang es, als würde es sich um einen Film handeln, bei dem Frauen heulen mussten und die Männer sich zu Tode langweilten. Bevor der Film anfing, holte er die Flasche Martini aus dem Kühlschrank und goss sich ein volles Glas ein. Nach einer Viertelstunde war das Glas leer und er schenkte sich wieder etwas nach. Der Film war gut. Eigentlich viel zu gut, um müde zu werden. Er war spannend und Vincent schaute aufmerksam zu, wie der Engel sich in die Frau verliebte und alles, bis hin zu seiner Unsterblichkeit, aufgeben wollte, um mit ihr zusammen zu sein. Traurig und fesselnd. Selbst nach dem Martini fühlte sich Vincent kein bisschen schläfrig und der Film war unerwartet viel zu interessant, um müde zu werden. Als das Drama zu Ende war, überkam ihn eine tiefe Traurigkeit. Fast hätte er wie ein Mädchen geweint und obwohl ihn jetzt keiner sah, kämpfte er erfolgreich dagegen an. Der Martini, den er leer getrunken hatte, stimmte ihn noch trauriger, aber leider nicht müder. Das war ärgerlich. Wieder so viel verlorene Zeit. Vincent musste jetzt wieder an Stephan denken. Er schaute auf das Bild, das auf dem Fensterbrett stand und ihn zusammen mit Stephan zeigte. Beide hielten ihr Abiturzeugnis in der Hand und lachten in die Kamera. Die freie Hand ruhte jeweils auf der Schulter des anderen. Es war ein schöner Moment, in dem beide überglücklich waren.

Kapitel 20

Tag 3

Als Thomas zu Hause angekommen war, machte er sich als Erstes ein paar Brote und begab sich mit dem voll beladenen Teller und einer Flasche Cola auf sein Zimmer. Nachdem er auf dem Bett Platz genommen hatte, erinnerte er sich an die angebrochene Tüte Chips und stand noch mal auf, um sie aus der Küche zu holen. Erst jetzt war er zufrieden und fühlte sich besser, um für die lange Nacht gewappnet zu sein.

Thomas setzte sich erneut auf sein Bett und legte sich bewusst nicht hin, um nicht einzuschlafen. In der linken Hand ein Buch und in der rechten ein belegtes Brot, so begann er, die Bücher zu studieren. Thomas konnte sehr schnell lesen und das tat er auch. Jedoch wurde es trotzdem halb zwei, bis er die letzte Seite des zweiten Buches fertig gelesen hatte. Jetzt war er müde und wurde von Kopfschmerzen geplagt. Er hatte viel zu lange seine Augen angestrengt, ohne sich eine Pause zu gönnen. Thomas befürchtete, dass er heute wegen dieser Schmerzen nicht einschlafen können würde. Die Bücher waren sehr spannend und eigentlich hatte er Lust, noch eine Übung zu machen. In diesem Zustand war es ihm jedoch unmöglich. Nachdem was er gelesen hatte, musste er in eine Art Halbschlaf verfallen. Er würde jedoch wegen seiner Müdigkeit sofort in den Tiefschlaf hinüber gleiten und das wollte er vermeiden.

Thomas stand vom Bett auf und ging leise aus dem

Zimmer in die Küche. Er machte die kleine Lampe an, die sich über dem Herd befand. Der Wasserkocher war voll, also brauchte er nur auf den Knopf zu drücken, um das Gerät einzuschalten. Aus einem Hängeschrank holte er den Instantkaffee heraus und gab zwei Löffel davon in die Tasse. Als der Knopf mit einem lauten *Klack* umsprang, goss er bis zur Hälfte Wasser in seine Tasse ein. Das Granulat löste sich sofort auf. Thomas schenkte Milch ein und gab drei Teelöffel Zucker dazu. Es musste richtig süß schmecken. Ohne Zucker konnte er seinen Kaffee nicht trinken. Jetzt, als die Tasse voll war, setzte er sich zufrieden an den Esstisch und genoss ihn in kleinen Schlucken. Verbrennen konnte er sich nicht, die Milch hatte den Kaffee lauwarm gemacht. Trotzdem wollte er ihn langsam und genussvoll trinken. Während er den Kaffee langsam schlürfte, dachte er darüber nach, was er alles aus den vorhin gelesenen Büchern erfahren hatte. Er war selbst sehr verblüfft, wie sich seine Meinung zu dem Thema in der letzten Zeit gewandelt hatte. Früher hatte er Stephan ausgelacht und behauptet, dass es solche Dinge nicht gäbe und dass er fantasieren würde. Mittlerweile glaubte er alles. Dass Stephan nicht mehr in seinem Körper war, sondern jemand anderes ihn besetzt hatte, war der größte Beweis dafür, dass es diese Parallelwelt gab. Auch die vielen Berichte in den Büchern, so etwas konnten sich ein paar Menschen doch nicht einfach nur ausdenken. Thomas saß da und trank seinen Kaffee aus und als er die leere Tasse auf den Tisch gestellt hatte, verweilte er noch ein paar Sekunden in seinen Gedanken. Schließlich erhob er sich, um in sein Zimmer zu gehen.

»Schatz, was machst du denn hier?« Seine Mutter stand in der Küchentür. Ihre Haare waren durcheinander und jede Strähne zeigte in eine andere Richtung. Sie brauchte immer sehr viel Zeit, um die vielen Haare zu bändigen.

»Ich, ich ...« Thomas hatte sie nicht kommen hören und war etwas erschrocken, als er plötzlich angesprochen wurde.

»Warum trinkst du denn mitten in der Nacht Kaffee?« Ihr Blick ruhte auf der leeren Kaffeetasse und der Milch, die daneben stand. »Du kannst doch dann nicht schlafen.«

»Ja, ich hatte irgendwie Lust drauf. Gute Nacht, Mama.« Thomas ging an seiner Mutter vorbei direkt in sein Zimmer, ohne sie nochmals anzusehen. Seine Mutter räumte die dreckige Tasse in die Geschirrspülmaschine ein und ging gedankenverloren wieder in ihr Bett.

Sie konnte nicht sofort einschlafen. Das Gefühl, ihr Sohn könnte irgendwelche Probleme haben, begleitete sie noch eine Weile. Er schlief normalerweise immer durch und wenn er eingeschlafen war, dann hätte ihn nicht einmal ein Erdbeben so schnell geweckt. Sie wusste, dass ihr Sohn etwas auf dem Herzen haben musste. Das Verhalten war untypisch für ihn.

Als Thomas sich wieder in sein Bett gelegt hatte, war

er sofort eingeschlafen. Trotz des Kaffees war er viel zu müde, um jegliche Versuche zu unternehmen, aus seinem Körper auszutreten. Als er am Morgen aufgestanden war, fühlte er sich mies. Er sah auf die Uhr, war jedoch verwundert, dass er nicht so lange geschlafen hatte, wie zuerst angenommen. Halb zehn war eine angenehme Zeit, um am Wochenende oder in den Ferien aufzustehen.

Er ging noch im Schlafanzug in die Küche. Der Tisch war bereits gedeckt und seine Mutter stand am Herd und machte Rührei für die ganze Familie. Thomas hoffte, dass seine Mutter ihn wegen heute Nacht in Ruhe lassen würde, aber kaum hatte er sich hingesetzt, sprach sie ihn an.

»Schatz, was ist denn los mit dir? Stimmt etwas nicht? Bist du vielleicht krank?«

»Es ist doch alles in Ordnung. Mach dir keinen Kopf, nur weil ich mal nicht schlafen konnte.«

Seine Mutter akzeptierte, dass Thomas nicht darüber sprechen wollte und beließ es schon nach dem kurzen Gespräch dabei. Ihn zu zwingen war kontraproduktiv, das wusste sie.

Nach dem Frühstück zog Thomas seine Sachen an und ging aus dem Haus. Er wollte zu Vincent fahren, um sich mit ihm über die zwei Bücher zu unterhalten und ihn mit ein paar Fragen zu löchern. Es gab einige Dinge, die er nicht verstanden hatte. Bevor er jedoch zu Vincent fuhr, ging er in den Park, um seinen Kopf etwas freizukriegen. Er musste nachdenken, setzte sich auf eine Parkbank und ließ seinen Gedanken freien Lauf. Dass er heute Nacht tief und fest geschlafen hatte, war Fakt. Eine Tatsache, die er Vincent nun beichten wollte. Er hasste sich selbst dafür. Statt Stephan zu helfen und sofort mit dem Üben zu beginnen, hatte er die halbe Nacht durchgeschnarcht. Jedenfalls war es nicht die ganze Nacht! Er hatte ja zuerst stundenlang gelesen. Immerhin. Das beruhigte sein schlechtes Gewissen etwas. Es war passiert und er konnte es nicht ändern. Als es ihm besser ging und er zu frieren begann, nahm Thomas den Bus, um zu Vincent zu fahren.

»Komm rein.« Vincent stand an der geöffneten Haustür, als Thomas die letzten Stufen hoch ging.

»Morgen, Vincent.« Atemlos begrüßte Thomas seinen Freund und ging in die Wohnung hinein. Als er sich auf dem Sofa niederließ, begann er sogleich zu berichten. Vincent war etwas enttäuscht zu hören, dass Thomas noch keine Übung versucht hatte, aber er freute sich darüber, dass er zumindest geschafft hatte, die Bücher zu lesen. Vincent wollte ihn keinesfalls zu sehr unter Druck setzen. Er selbst hatte es heute Nacht auch nicht geschafft, aus dem Körper auszutreten. Er war gleich in einen tiefen Schlaf eingetaucht, von dem er erst heute früh aufgewacht war. Dabei dachte er zuvor, er würde nicht schlafen können. Die Müdigkeit überkam ihn so plötzlich, damit hatte er kein bisschen gerechnet. Schuld gab er hinterher dem Martini.

»Ich habe da noch ein paar Fragen.« Thomas schlug

eines der beiden Bücher auf, die er heute Nacht gelesen hatte, und blätterte zu der Stelle, an der ein Papierstreifen steckte. »Hier steht etwas von einer Schnur, die den Körper mit der Seele verbunden hält. Wo soll die denn sein?«

»Die ist hinten, am Rücken. Man sieht es aber kaum, eigentlich ist sie silbern. Sie wird erst richtig sichtbar, wenn sich etwas daran zu schaffen macht. In unserer Welt sieht man sie aber gar nicht.«

»Ok verstehe. Und wenn jemand versucht, diese Schnur zu durchtrennen, dann merkt man das?«

»Ja, das ist wie so eine Art Ziehen. Ein seltsames Gefühl.«

»Was meinst du mit seltsam?«

»Es wird plötzlich so kalt und dann ist da noch dieses Gefühl …« Vincent musste kurz überlegen. »Als würde die Kraft oder Energie schwinden. Ja, ich glaube, das trifft es gut.«

»Hmm, dann habe ich hier noch was gelesen. Moment.« Thomas öffnete das zweite Buch und blätterte darin. »Wenn ich in meinen Körper zurück möchte, dann muss ich irgendein Körperteil bewegen beziehungsweise daran denken, es zu tun? Stimmt doch, oder? Und ist es egal, was ich für eins wähle?«

»Ja, genau. Stephan und ich versuchen immer, an die große Zehe zu denken und diese zu bewegen. Du kannst aber auch irgendeinen Finger nehmen. Wie du magst. Wichtig ist, dass du dich komplett auf das eine Körperteil konzentrierst und auf nichts anderes.«

»Na schön, das wär`s dann für`s Erste mit den Fragen. Die beiden Bücher waren aber sehr interessant und auch die Erklärungen total verständlich.«

»Ja, ich habe dir die heraus gesucht, die man am besten nachvollziehen kann. Viele Infos auf wenigen Seiten. Du verstehst?« Vincent musste schmunzeln, als er das sagte. Er hatte noch nie erlebt, dass Thomas ein anderes Buch als eines über Informatik oder einen Comic gelesen hatte. Es war sehr gut, dass er es in der letzten Nacht geschafft hatte, beide Bücher durchzuarbeiten.

»Alles klar.« Thomas lächelte zurück.

»Ich würde sagen, wir machen ein paar Übungen.« Vincent legte sich auf den Boden. »Komm schon. Leg dich auch hin.« Thomas folgte ihm. »Wir versuchen zuerst, eine Meditationsübung zu machen. Damit kommt man in so eine Halbschlafphase. Mach die Augen zu. Aber nicht einschlafen!«

»Dafür kann ich dir nicht garantieren. Hab heute Nacht nicht so lange geschlafen.« Thomas machte die Augen zu.

»Ok. Versuche, an nichts zu denken. An die absolute Leere.« Vincent hielt auch seine Augen geschlossen. Sie versuchten die auftauchenden Gedanken zu ignorieren, was nicht wirklich einfach war. Thomas gab sich Mühe, an nichts zu denken, aber seine Gedanken schweiften ständig irgendwohin. Mal musste er über die Uni grübeln, dann an seine Mutter, zuletzt an Stephan. Er versuchte, sich noch mehr anzustrengen, um an nichts zu denken. Das gelang immer nur ein paar Sekunden, bis wieder die nächsten Bilder vor seinem geistigen Auge erschienen.

»Und, wie läuft es?«, fragte Vincent.

»Nicht einfach. Dauernd muss ich an etwas denken.«

»Stell dir einen schwarzen Sand vor. Nichts weiter. Denke nur an den schwarzen Sand. Viele dunkle Körner. Groß und klein, aber alle schwarz.«

Jetzt sah Thomas einen schwarzen Sand vor sich. Die Sandkörner in verschiedenen Größen. Kleine und große Körner, manche rund, die anderen oval. Jedes Körnchen war schwarz. Mit dieser Vorstellung schaffte es Thomas länger, an nichts anderes zu denken und verfiel tatsächlich in eine Phase des Halbschlafes.

»Aufstehen!«, vernahm Thomas neben sich. Er hatte sich etwas erschrocken. Es war die ganze Zeit so ruhig und entspannend. Der plötzliche Aufschrei riss ihn aus dem Dämmerzustand.

»Heiliger Bimbam. Musst Du mich so erschrecken?«

»Und wie war es?«

»Ich denke, das habe ich jetzt kapiert. Nicht schlafen aber auch nicht mehr so ganz wach sein.«

»Genau. Nur aus dieser Phase kommst Du aus dem Körper raus.« Vincent richtete sich wieder auf. »Denke immer an den schwarzen Sand. So haben wir, Stephan und ich, auch angefangen. Später brauchst Du das nicht mehr.«

»Schwarzer Sand. Alles klar. Das werde ich dann heute Abend versuchen.« Thomas setzte sich wieder auf das Sofa.

»Du weißt ja, ich habe die Spielkarte immer noch auf meinem Tisch liegen. Solltest Du es schaffen, dann versuche, die Karte anzuschauen.«

»Ja, ich weiß. Ich versuche es. Aber jetzt muss ich dann nach Hause gehen. Meine Mutter wartet sicherlich schon mit dem Abendessen auf mich.«

»Kommst Du morgen wieder vorbei?«, fragte Vincent hoffnungsvoll.

»Ja natürlich, dann bis morgen Vincent. Und pass bitte auf dich auf«, sagte Thomas, bevor die Haustür ins Schloss fiel.

Kapitel 21

Tag 4

Wie Thomas schon geahnt hatte, wartete seine Mutter bereits auf ihn mit dem Abendbrot. So wirklichen Appetit hatte er nicht, aber er aß ihr zuliebe trotzdem ein wenig und um weitere Fragen zu vermeiden. Bevor er in seinem Zimmer verschwand, um zu üben, nahm er noch ein Entspannungsbad, das ihn etwas müde machte. In der Badewanne kreisten seine Gedanken darüber, ob er es jemals schaffen könnte, in diese andere Ebene zu gelangen. So wirklich traute er sich das nicht zu, aber der Wille, seinen Freunden zu helfen, stand für ihn in dem Moment im Vordergrund.

Thomas zog eine Jogginghose und ein T-Shirt an, bevor er unter der warmen Bettdecke verschwand. Er wollte auf keinen Fall im Schlafanzug in einer anderen Welt spazieren gehen. In den Büchern stand zwar nichts darüber, aber sicher ist sicher, dachte er. Er begann sogleich mit der Übung. Der Versuch, sich auf den schwarzen Sand zu konzentrieren, wollte ihm nicht so schnell gelingen. Ständig schweiften seine Gedanken ab und er ertappte sich auch oft dabei, wie er schon beinahe am Einschlafen war. Das warme Wasser und der duftende Badeschaum hatten ihn doch müder gemacht, als geplant. Als er sich bereits zum vierten Mal nahezu im Tiefschlaf befand, stand er auf und ging in die Küche, um sich einen Kaffee zu machen. Er wollte etwas wacher werden. Langsam tapste er auf den Zehenspitzen und versuchte so leise wie möglich zu sein, was ihm nicht so wirklich gelingen wollte. Die Tasse, die er aus dem Hängeschrank heraus genommen hatte, glitt ihm aus der Hand und zerbrach mit einem lauten Knall auf dem Boden.

»Verflucht!«, flüsterte er.

Es dauerte nicht lange, bis seine Mutter in der Küchentür stand.

»Mir ist nur eine Tasse kaputt gegangen. Nichts weiter«, sagte er zu ihr, bevor sie überhaupt einen Ton rausbringen konnte. Sie holte einen Besen aus dem Schrank, um die Scherben zu beseitigen.

»Ich mach das schon.« Thomas nahm ihr den Besen und die Schaufel aus der Hand und ging in die Knie, um die Scherben wegzukehren.

»Lass mich dir doch helfen.« Erstaunt über sein Verhalten, schaute sie zu, wie unbeholfen Thomas mit großer Eile kehrte und einige Scherbenteilchen übersah. Sie war verwundert darüber, dass er selbst versuchte aufzuräumen. Sonst hatte er nie etwas dagegen, wenn sie oder der Vater das übernahm.

»Was machst du denn eigentlich hier?«

»Ich wollte mir nur was zu trinken holen. Ständig werde ich kontrolliert.« Schon als Thomas das sagte, tat es ihm leid. Er wollte gar nicht so grob zu seiner Mutter sein. Seine Nerven lagen blank. Ganz bestimmt war das der Grund für sein Verhalten ihr gegenüber.

Seine Mutter drehte sich um und verließ die Küche, ohne noch ein Wort zu sagen. Sie war bestimmt beleidigt, dachte sich Thomas. Normalerweise ging er mit seinen Eltern rücksichtsvoller um.

Als er die Scherben aufgesammelt und den Boden gekehrt hatte, machte er sich eine Tasse Kaffee und ging wieder in sein Zimmer. Nachdem er leer getrunken hatte, fühlte er sich schon wesentlich besser und nicht mehr so müde, wie noch vor ein paar Minuten.

Er ging wieder in sein Bett und schloss die Augen. Den schwarzen Sand konnte er jetzt deutlich sehen und er versuchte ihn nun vor seinem geistigen Auge zu behalten. Plötzlich fing sein Körper an, zu zittern. Er bewegte sich hin und her. Ihm wurde schwindelig. Thomas erschrak so sehr, dass er gleich die Augen öffnete und dabei spürte, wie er fiel. Nicht tief, aber einige Zentimeter ganz bestimmt. Er richtete sich auf und war glücklich darüber, diesen ersten Fortschritt gemacht zu haben.

»Wahnsinn!« Er konnte es kaum fassen. Gleichzeitig ärgerte er sich aber auch darüber, dass er so früh schon die Augen aufgemacht hatte, um nachzugucken. Wer weiß, wie weit er sonst gekommen wäre?

Sofort beschloss er, noch einen Versuch zu probieren, und legte sich wieder hin. Diesmal musste er etwas länger warten, bis er das Bild vom schwarzen Sand festhalten konnte. Es hatte auch viel länger gedauert, bis die Vibrationen und das Zittern zu spüren waren. Er kämpfte dagegen an, die Augen sofort wieder zu öffnen, und wartete ab, was als Nächstes passieren würde. Er hörte ein klingelndes Geräusch. Fast wie in einer Kirche, jedoch viel sanfter und auch leiser. Ganz in der Ferne. Er hörte zu. Ihm gefiel dieses Geräusch. Es ließ ihn an Weihnachten denken.

Als er das Gefühl hatte, sich in einer senkrechten Position zu befinden, öffnete er die Augen. Er konnte sich im Bett liegend erkennen. Also musste er wohl aus dem Körper ausgetreten sein. Dessen war er sich jetzt sicher. Nun stand er vor der Frage, wie er zu Vincent gelangen sollte, um die Karte anzuschauen. Schon als er an Vincent und seine Wohnung gedacht hatte, verblasste vor ihm das Bett. Fast im selben Augenblick erschien ein neues Bild, das er als Vincents Wohnung erkannte. Vincent saß auf seinem Sofa und schaute fern, als Thomas in seinem Wohnzimmer auftauchte. Er konnte Thomas anscheinend nicht sehen, aber dieser ihn. Auf dem Tisch lag immer noch die Spielkarte, die er aufhob und als Pik As erkannte. Thomas musste lächeln. Er hatte es geschafft. Eine Weile sah er Vincent noch zu. Er sah sehr traurig aus, wie er da auf seinem Sofa saß und die Flasche Bier in der Hand hielt. Thomas wurde es in dem Moment klar, dass er Vincent unbedingt helfen musste. Nur so konnten sie Stephan wieder zurückholen. Er versuchte nun, seine Zehen zu bewegen, so wie Vincent es ihm geraten hatte, und im selben Augenblick verschwand Thomas aus Vincents Wohnung. Was danach kam, war Dunkelheit und Stille.

Nachdem Thomas am nächsten Tag wach wurde, war es bereits zehn Uhr. Er fühlte sich gut und ausgeschlafen. Das Erlebnis der letzten Nacht hatte er nicht vergessen und deshalb rief er ganz laut, als er aus dem Bett sprang, »Pik As!«.

Zu der Zeit, als er in die Küche kam, waren seine Eltern bereits mit dem Frühstück fertig. Er schnitt ein Brötchen durch, bestrich beide Hälften ganz dick mit Butter, legte zwei Scheiben Schinken darauf und klappte die Semmel wieder zu. Mit dem Frühstück in der Hand zog er sich Schuhe sowie Jacke an und verließ die Wohnung. Unterwegs verschlang er es hungrig mit hastigen Bissen. Als er an der Tankstelle vorbei kam, nahm er zwei Becher Kaffee mit und lief damit weiter zu Vincent. Der Weg dauerte zwar zwanzig Minuten zu Fuß, aber er hatte heute keine Lust mit den öffentlichen Verkehrsmitteln zu fahren.

Wie immer verfluchte er die vielen Treppen in Vincents Haus, als er im Treppenhaus stand und die ersten Stufen emporstieg. Vincent erwartete ihn an der Türschwelle, als er im obersten Geschoss erschien.

»Pik As«, sagte Thomas und drückte Vincent einen Pappbecher in die Hand.

Vincent stand mit offenem Mund da, worüber Thomas nun schallend lachen musste.

»Sag bloß …, sag bloß,… nein!« Mehr bekam er vorerst nicht zustande.

»Doch!«, antwortete Thomas mit einem Grinsen im Gesicht. Er war sehr stolz auf sich.

»Ich denke, du bist ein Naturtalent! Das kann einfach nicht sein. Du hast es schneller als Stephan und ich begriffen.« Bei dem Wort *Stephan* wurde er leiser. »Nein, ganz im ernst. Das ist ja echt der Hammer!«

»Danke, danke.« Thomas verbeugte sich mit einem Knicks und nach unten schwingender Hand. »Wie viel Bier hast du denn gestern getrunken? Keine Ausreden! Ich habe dich gesehen.« Nun hob Thomas seinen Zeigefinger nach oben und grinste noch breiter. Vincent guckte in dem Augenblick noch überraschter, als gerade eben.

»Echt?« Er setzte sich auf das Sofa. »Du hast mich wirklich gesehen?«

»Ja, du bist genau hier gesessen, wie jetzt, und hast fern geguckt.«

»Oh, wie peinlich. Ich dachte, es wäre nur möglich andere Seelen zu sehen und nicht Menschen. Das ist echt ein seltsames Gefühl zu erfahren, dass du neben mir gestanden hast, oder besser gesagt in diesem Raum und ich habe nichts davon gemerkt.«

»Ja, aber Hauptsache mir ist es gelungen und wir sind dem Ziel näher. Wir müssen ja Stephan retten.«

»Du hast recht, Thomas. Das müssen wir.« Nach einer kurzen Pause und ein paar Schlucken aus dem Kaffeebecher, sprach er weiter. »Meinst du, du bist so weit, einen Schritt weiterzugehen?«

»Wir können es versuchen.« Es war ihm zwar nicht ganz wohl dabei, aber er musste es für seine Freunde tun.

»Drüben gibt es eine Brücke mit einer bunten Wiese davor. Ich glaube, du hattest auch gehört, als Stephan darüber berichtete. Ich war inzwischen ebenfalls an diesem Ort. Wir können versuchen, uns dort zu treffen.«

»Na schön, und wie komme ich dahin?«, wollte Thomas wissen.

»Du musst dir einfach diese Brücke aus Holz vorstellen oder die Blumenwiese davor, wenn du ausgetreten bist«, erklärte Vincent. »Am besten, du stellst dir dieses saftige Grün vor, mit sehr vielen bunten Blumen und farbenfrohen Schmetterlingen. Der Duft ist so herrlich und der Gesang der Vögel einfach traumhaft.« Vincent fing an, vor sich hin zu träumen.

»Ich sehe es beinahe vor mir«, antwortete Thomas. »Ich kann es mal versuchen. Nur wann?«

»Heute Nacht um zweiundzwanzig Uhr lege ich mich hin. Sollte ich es rüber schaffen, dann werde ich eine Stunde auf dich warten.«

»Gut, dann gehe ich auch um die Zeit ins Bett.«

Sie redeten noch bis am späten Nachmittag miteinander. Man konnte Vincent die Anspannung deutlich anmerken. Er war sehr um Stephan besorgt und zweifelte daran, dass sie es jemals schaffen könnten, ihn aus dieser dunklen Welt zurückzuholen. Ein wenig Hoffnung war trotzdem da, weil er ab jetzt nicht mehr alleine dorthin reisen musste, sondern Unterstützung hatte. Das war für ihn eine große Erleichterung und er war Thomas sehr dankbar dafür.

Als Thomas gegangen war, machte Vincent es sich auf seinem Sofa gemütlich. Er schaltete den Fernseher ein und ließ sich berieseln. Hin und wieder schweiften seine Gedanken ab. Wie schon die letzten Tage konnte er fast nur ausschließlich an seinen Freund Stephan denken. Er schmiedete Pläne, wie es wäre, ihn wieder zurückzuholen. Sein Plan war noch nicht konkret. Er überlegte, was er tun könnte, wenn er Stephan finden würde. Sollte er ihn schütteln, damit er wieder zu sich käme? Sollte er seinen Zeh bewegen? Sollte er ihm eine Ohrfeige verpassen? Er hatte keine Idee. Er wusste nicht, welche Möglichkeiten es gab, jemanden wieder zurück in seinen Körper zu befördern. In den Büchern, die er besaß, stand auch nichts darüber. Er konnte nur hoffen, dass ihm im richtigen Moment eine schlaue Idee einfallen würde, sonst war Stephan verloren.

Kapitel 22

Als Thomas wieder zu Hause war, fand er einen Zettel neben dem Herd liegen.

»Wir sind im Theater und anschließend was trinken. Essen steht im Kühlschrank. Mama und Papa«, las er leise vor. Er öffnete die Kühlschranktür und nahm den Teller heraus, auf dem sich ein halbes Hähnchen und Kartoffeln befanden. Nach wenigen Minuten in der Mikrowelle war das Essen warm genug und Thomas verputzte es im Eiltempo. Gegen siebzehn Uhr war er mit dem Essen fertig und der Teller in die Geschirrspülmaschine aufgeräumt. Danach holte er sich noch eine Flasche Cola aus dem Kühlschrank, trank die Hälfte aus und nahm den Rest mit auf sein Zimmer. Er musste noch fünf Stunden warten, bis er sich schlafen legen konnte. Somit vertrieb er sich die Zeit, indem er es sich auf dem Sofa gemütlich machte und dabei in einem Informatikbuch blätterte. Ein wenig später, hatte er keine Lust mehr zu lesen und beschloss, sich an seinen Rechner zu setzen und seiner Lieblingsbeschäftigung nachzugehen, dem Computerspiel.

Das Zocken, vielleicht eher das Starren in den Bildschirm, machte Thomas müde. Diesmal trank er zuerst einen Kaffee, bevor er sich ins Bett legte. Er dachte wieder an den schwarzen Sand, an diese kleinen, runden Körnchen. Verwundert, dass es ihm direkt gelang, sich auf die Körnchen zu konzentrieren, ließ er sich in die Phase des leichten Schlafs hinüber gleiten. Erneut hatte er das Vibrieren gespürt und auch die Glockengeräusche gehört, bevor er sich in senkrechter Position wiederfand. Nachdem er die Augen geöffnet hatte, um sich zu vergewissern, dass seine Seele ausgetreten war, stellte er sich eine Brücke aus Holz und eine Wiese mit ganz vielen, bunten Blumen vor. An Fantasie mangelte es ihm anscheinend nicht, denn er fand sich sofort an dem gewünschten Ort wieder. Thomas war überwältigt von den vielen Farben und den singenden Vögeln. Vincent war noch nicht zu sehen. Er hoffte, dass er sich an der richtigen Wiese befand und er bald auftauchen würde. Nach etwa einer Viertelstunde tauchte ein hellblauer Fleck neben ihm auf, der sich rasch zu Vincent verwandelte.

»Mensch, du bist echt ein Naturtalent! Hast es ja eher als ich geschafft. Wahnsinn.«

»Ich weiß.« Thomas grinste. »Das mit dem Naturtalent, meine ich.« Er war sehr stolz auf sich. Vincent konnte kaum fassen, dass Thomas alles so schnell gelernt hatte.

»Also, das mit der Wiese ist ja echt der Hammer. Ihr habt es ja erzählt, aber so unglaublich hatte ich mir das nicht vorgestellt. Es ist wunderschön.«

»Wir sollten keine Zeit verschwenden. Meinst du, du schaffst es, in die dunkle Stadt zu wechseln? Wir haben ja viel darüber erzählt. Dort ist eine Kneipe. Wir könnten uns davor treffen.«

»Muss das wirklich sein? Ihr habt nicht unbedingt was Gutes über die dunkle Stadt erzählt. Mich graust es davor.«

»Ich denke, dass wir Stephan dort am ehesten finden. Zuletzt war er dort.« Vincent legte eine Hand auf Thomas` Schulter.

»Na schön. Aber wenn da ein Geist kommt oder so was Ähnliches, dann hau ich ab. Klar?«

»Schon klar. Also, bis gleich.« Vincent löste sich in Luft auf. Thomas konzentrierte sich auf eine dunkle Stadt und eine Kneipe, so wie sie ihm beschrieben wurde. Er tat sein Bestes und hatte Erfolg damit. Seine Gedanken brachten ihn direkt dahin.

Vincent wartete bereits, als Thomas vor der Kneipe in der dunklen Stadt erschien.

»Ich würde vorschlagen, wir schauen uns erst mal in den Gassen um. Vielleicht haben wir Glück?«, sagte er und ging bereits los, ohne eine Antwort abzuwarten. Thomas blieb ihm ganz dicht auf den Fersen. Er hatte zu viel Angst, alleine zurückzubleiben und achtete stets darauf, nicht weiter als einen halben Meter neben Vincent zu laufen. Es war wie immer sehr düster und neblig. Die vielen Schatten, die durch diese grauen, alten Gebäude entstanden, machten Thomas Angst. Und dies waren auch nicht die einzigen dunklen Konturen in diesen Gassen. Thomas versuchte zu vermeiden, genauer hinzusehen. Immerhin hatte er schon genug darüber gehört. Er wollte lieber gar nicht in diese Richtung blicken, um sich nicht zu erschrecken. Alle Straßen, durch die Vincent und Thomas liefen, schauten gleich aus. Dunkle Häuser, viel Nebel, ganz viele Schatten und diese gespenstische Stille. Sie fürchteten sich davor, etwas zu sagen, um kein Echo zu erzeugen. Ein lautes Geräusch könnte die dunklen Gestalten anlocken. Thomas hatte Angst davor.

»Komm, wir gehen jetzt noch in die nächste Straße rein. Dort habe ich Stephan zuletzt gesehen. Glaube ich zumindest. Die Straßen sehen sich alle so unglaublich ähnlich«, flüsterte Vincent.

Als sie um die Ecke bogen, sah die kommende Straße genauso aus wie die, die sie eben verlassen hatten. Es hatte den Eindruck, als würden sie nur im Kreis laufen.

»Mann, bin ich froh, dass ich hier nicht wohnen muss«, sagte Vincent und Thomas nickte nur zur Bestätigung, als Zeichen dafür, dass er genauso dachte.

»Lass uns wieder zurück zu der Kneipe laufen«, schlug Vincent vor, als sie das Ende der Straße erreicht hatten. Thomas nickte erneut. »Hat es dir die Sprache verschlagen?« Vincent war endlich aufgefallen, dass Thomas kein Wort mehr sagte.

»Ich will nur leise sein. Wer weiß, was wir so alles anlocken«, flüsterte Thomas.

Vincent lächelte und ging die Straße zurück, aus der sie gekommen waren. Thomas folgte ihm auf Schritt und Tritt. Sie kamen wieder an der Kneipe an und Thomas hatte immer noch keinen Ton gesagt. Auch Vincent war leise. Nicht, weil er wie Thomas Angst hatte, sondern weil er nicht wusste, was er in der Situation sagen sollte. Beide empfanden diese Welt als schrecklich und hatten Angst um Stephan. Mehr gab es nicht zu sagen. Sie hielten noch einige Sekunden inne, bevor sie die Kneipe betraten. Vincent ging wieder voraus und Thomas folgte ihm dicht auf den Fersen. Das Lokal war wie üblich voll. Fast alle Stühle und Barhocker waren besetzt. Selbst an den Stehtischen standen Leute. Die ganzen Kreaturen in der Kneipe ließen ihm Gänsehaut über den Rücken laufen. Unbewusst fasste er nach Vincents Oberteil und hielt es fest, bis sie am Tresen angekommen waren.

Vincent erkannte den Fremden am Tresen wieder. Er schlürfte sein Bier, wie sonst auch und starrte vor sich hin, wie schon das letzte Mal. Zum Glück zog er in dem Moment keine Grimassen oder zeigte spitze Zähne. Nur so konnte sich Vincent an ihn heran trauen und ihn ansprechen.

»Hallo. Kennst du mich noch?« In diesem Moment zuckte Thomas so heftig zusammen, dass Vincent dadurch auch erschrak. Thomas war absolut nicht darauf vorbereitet, dass Vincent diesen Mann am Tresen gleich ansprechen würde.

Der Mann drehte sich samt seinem Stuhl langsam zu ihm um und schaute mit seinen glasigen Augen in Vincents Gesicht. Seine Augen wurden im nächsten Moment etwas größer. Das war nur deutlich, wenn man genau hingesehen hatte. Vincent hatte es gesehen und hoffte, dass der Mann ihn in dem Moment erkannt hatte und nicht dabei war, sich irgendwie zu verwandeln. Es dauerte einige Sekunden, bis der Fremde ihm endlich antwortete.

»Ja, hallo. Wieder hier?«

»Ja, auch wenn ich lieber woanders sein möchte.«

»Wer will das denn nicht? Ha, ha, ha.« Der Lacher erinnerte Thomas an irgendeinen Hitchcock Film, aber er konnte sich nicht mehr erinnern, an welchen.

»Ich möchte dich was fragen. Vielleicht kannst du mir weiterhelfen.«

»Das glaube ich zwar jetzt nicht, aber schieß mal los.« Vincent drehte sich kurz zu Thomas um, nur um zu sehen, ob es ihm gut ging. Thomas war kreidebleich, aber er schien sonst soweit in Ordnung zu sein.

»Ich... ich habe meinen Freund hier in dieser Welt verloren. Den kennst du auch. Stephan hatte dich zuerst kennengelernt und dann auch mich hierhin mitgebracht.«

»Ja, der Spaßvogel. Ich fürchte, da kann ich dir nicht helfen.«

»Vielleicht hast du aber eine Idee, wie ich ihn wieder zurückholen kann? Sein Körper ist besetzt worden oder so, und er irrt hier in den Straßen herum und erkennt mich auch nicht mehr.«

»Ja, dann hast du ihn verloren.« Der Mann zuckte mit den Schultern, als er dies sagte.

»Das kann's nicht gewesen sein. Es muss doch einen Weg geben, wie ich ihn wieder zurückbringen kann.« Vincents Augen füllten sich mit Tränen. Thomas legte seine rechte Hand auf dessen Schulter.

»Hör mal, ich kenne keinen, der es geschafft hat, wieder zurückzukehren. Es wäre nur möglich, wenn man sich wieder erinnern könnte. Man müsste wissen, wer man ist, wo man hingehört und wen man liebt. Anders geht es nicht.«

»Und wenn er sich wieder an mich erinnern würde? Dann könnte es klappen?« Vincent verspürte etwas Hoffnung.

»Ich denke nicht, dass es dir gelingt, aber es wäre die einzige Möglichkeit.« Mit diesen Worten drehte sich der Mann wieder weg, trank aus seinem Krug und starrte vor sich hin.

»Danke«, sagte Vincent. Er guckte Thomas an, der kreidebleich war und den Anschein machte, gleich in Ohnmacht zu fallen. »Komm, lass uns rausgehen.« Das ließ sich Thomas nicht zweimal sagen. Sie verließen augenblicklich die Kneipe. Als sie vor die Tür traten, umgarnte sie wieder die kalte Nebelluft und umhüllte ihre Knochen mit unangenehmer Feuchte.

»Thomas, ich würde sagen, es reicht für heute. Wir gehen wieder nach Hause und machen morgen weiter.«

»Ich habe nichts dagegen.« Thomas war über den Vorschlag sehr dankbar.

»Gut, dann versuche, jetzt deinen Zeh zu bewegen.« Das tat Thomas. Vincent wartete, bis er verschwunden war. Noch einmal den gleichen Fehler wollte er nicht begehen und seinen Freund hier zurücklassen. Als er sich sicher war, dass es bei Thomas geklappt hatte, kehrte auch er zurück in seinen Körper.

Kapitel 23

Tag 5

Thomas schlief an diesem Morgen unüblich lange. Erst gegen elf Uhr wurde er wach und war ganz erschrocken, als er auf dem Wecker die Zeit ablas. Er versuchte, in seinem Kopf die Geschehnisse von heute Nacht Revue passieren zu lassen und war mit dem Ergebnis zufrieden. Zumindest hatte er es ebenso wie Vincent und Stephan geschafft, in die andere Ebene zu reisen. Auch wenn sie Stephan noch nicht gefunden und zurückgebracht hatten, war es für ihn und Vincent trotzdem ein großer Fortschritt.

Als Thomas in die Küche kam, um sich Frühstück vorzubereiten, waren seine Eltern bereits auf der Arbeit. Er machte eine große Portion Rührei mit Speck und verspeiste drei Brötchen mit Butter dazu. Das Ganze spülte er mit zwei Tassen Kaffee hinunter und ging anschließend unter die Dusche. Das Wasser tat sehr gut und machte ihn wach, was der Kaffee zuvor nicht wirklich geschafft hatte.

Hingegen war Vincent bereits um acht Uhr auf den Beinen. Er empfand es als sehr enttäuschend, was er und Thomas heute Nacht geschafft beziehungsweise nicht erreicht hatten. Sie konnten Stephan noch nicht einmal für einen kurzen Augenblick sehen. Und die Aussichten, ihn wieder zurückzuholen, schwanden langsam, aber sicher dahin. Der Mann an der Theke hatte ihm keine große Hoffnung gemacht. Trotzdem musste Vincent es weiter versuchen. Das war er seinem Freund schuldig. Er empfand große Dankbarkeit Thomas gegenüber. Es war großartig, dass er so viel mitgemacht hatte und sich mutig genug zeigte, um bei dieser Reise und Stephans Rettung zu helfen. Es war sehr erstaunlich, wie schnell er es geschafft hatte, aus seinem Körper auszutreten. Vor allem wenn man die Tatsache betrachtete, dass er gar nicht an diese Dinge geglaubt hatte. Dass er trotzdem mithalf, machte Thomas umso sympathischer.

Vincent dachte an diesem Tag sehr viel nach und beschloss, ihn erst am Nachmittag anzurufen. Er musste zunächst sich selbst Gedanken über die Geschehnisse und die weitere Planung machen.

Das Telefon klingelte, als Thomas am Computer saß und ein Abenteuerspiel spielte. Was hätte er denn sonst tun sollen?

»Ja?« So meldete er sich immer. Seinen Namen sagte er nie.

»Vincent hier. Wie geht es dir?«

»Ganz gut. Und dir?«

»Geht. Heute Nacht haben wir irgendwie zu wenig erreicht. Ich bin etwas enttäuscht.« Er schnaufte laut in den Hörer. »Wir müssen uns mehr anstrengen.«

»Ich weiß, aber es ist nun mal nicht so einfach. Du hast absolut keine Vermutung, wo Stephan sich mittlerweile herum treibt. Und die vielen Straßen dort .... Wenn wir wenigstens eine Ahnung hätten, wo er steckt.«

»Ja, ich weiß. Du hast recht. Es ist trotzdem so enttäuschend zu wissen, dass wir nichts erreicht haben. Bist du heute Nacht wieder dabei?«

»Klar.«

»Das freut mich, Thomas. Du weißt gar nicht, wie dankbar ich dir dafür bin, dass du mir bei der Suche nach Stephan hilfst. Um zweiundzwanzig Uhr vor der Kneipe?«

»In Ordnung, Vincent. Und natürlich helfe ich dir. Er ist auch mein Freund. Ich weiß, manchmal machte es nicht den Eindruck, aber ich mag ihn und ich möchte auch, dass er zurückkehrt.« Jetzt musste Thomas ein wenig lächeln.

»Na schön. Dann bis später, Tom.« Vincent legte auf, ohne eine Antwort abzuwarten. Thomas war etwas geschmeichelt, dass Vincent ihn so genannt hatte. *Tom* gefiel ihm. Er setzte sich wieder an seinen Rechner und verbrachte den ganzen Tag damit, zu zocken. Die einzigen Unterbrechungen bestanden darin, sich ab und zu was zu essen und trinken zu holen und den natürlichen Bedürfnissen nachzugehen.

Als es kurz vor zweiundzwanzig Uhr wurde, war Thomas bereits bettfertig in seinem Zimmer, um mit der Reise zu beginnen. Er legte sich in sein Bett, zog die Decke bis zum Kinn hoch und schloss die Augen. Sofort begann er damit, sich zu konzentrieren. Aber der dunkle Sand verschwand ständig aus seinem Kopf. Immer wieder huschten seine Gedanken zu den Erlebnissen der letzten Nacht. Er machte die Augen auf, trank einen Schluck Cola und legte sich wieder hin. An die Decke starrend, lag er im Bett. Er war kein bisschen müde. Immer wieder guckte er zur Uhr. Je später es wurde, desto mehr fühlte er sich unter Druck gesetzt und nicht mehr bereit, zu schlafen. Seine Versuche, die Augen zu schließen und an die schwarzen Sandkörner zu denken, scheiterten.

Vincent war pünktlich in der dunklen Stadt angekommen und wartete auf Thomas. Es waren wieder einige graue Gestalten zu sehen, sie standen aber regungslos da und stellten vorerst keine Gefahr dar. Er blickte sich immerfort um, hielt Ausschau nach Thomas, der jedoch noch nicht zu sehen war. Die Minuten vergingen und es wurde schon sehr spät. Nach einer gefühlten Stunde beschloss Vincent, alleine mit der Suche zu beginnen. Noch weiter auf Thomas warten, wollte er nicht.

Nach Stephan suchend, durchlief er die Straßen, leider ohne Erfolg. Wie schon in der letzten Nacht war außer dunklen Straßen, schmutzigen Häusern und diesen grauen Gestalten nichts weiterzusehen. Nach drei Stunden gab er es auf. Traurig kehrte er wieder zurück und seine Hoffnung Stephan zu finden, war noch geringer geworden.

Direkt nachdem er wach wurde, klingelte er bei Thomas durch. Er war erleichtert, seine Stimme zu hören. Mit der Gewissheit, dass nichts Schlimmes passiert war, sondern er lediglich Probleme mit dem Einschlafen hatte, verabredeten sie sich erneut für den nächsten Abend. Vincent hatte Verständnis dafür, immerhin war Thomas ein Anfänger. Er hoffte, dass es in dieser Nacht wieder klappen würde und sie zu zweit die Suche fortsetzen konnten.

Kapitel 24

Tag 6

Vincent verbrachte den Nachmittag damit, alte Schulfotos durchzusehen. Auf etlichen war er zusammen mit Stephan abgebildet. Er hatte einige Erinnerungen und viele gemeinsam erlebte Zeiten mit seinem Freund. Auf dem Klassenfoto aus der siebten Schulklasse waren sie nebeneinander gestanden und ließen jeweils einen Arm auf der Schulter des Freundes liegen. Sie standen in der ersten Reihe, beide lächelnd und sehr gut zu erkennen. Der Fotograf hatte damals gute Arbeit geleistet. Der Tag verging sehr langsam, was wohl daran lag, dass Vincent nichts weiter gemacht hatte, als die Bilder immer wieder anzusehen. Erst nach zwanzig Uhr schaltete er den Fernseher ein und schaute sich den Film an, der auf RTL ausgestrahlt wurde. Er guckte ihn nicht zu Ende. Bereits um halb zehn machte er die Flimmerkiste wieder aus und begann, sich bettfertig zu machen. Er wollte pünktlich vor zweiundzwanzig Uhr im Bett liegen. Voller Hoffnung, dass er wieder problemlos aus seinem Körper austreten würde, legte er sich auf sein Schlafsofa. Fünf Minuten vor der verabredeten Zeit schloss Vincent seine Augen und dachte an den schwarzen Sand.

Als Vincent vor der Kneipe auftauchte, war kein Mensch in der Nähe. Der graue Nebel verschlang alle vorhandenen Schatten. Wie eine Schlange schlängelte er sich und erreichte jede mögliche Ritze und Ecke.

Vincent hoffte, Thomas würde es diesmal problemlos schaffen hierherzugelangen. Er befürchtete schon, dass er sich heute Nacht wieder alleine auf die Suche begeben müsste, als sich neben ihm eine kräftige Gestalt aufbaute.

»Da bist du ja.« Vincents Stimme ließ erkennen, dass er sehr erleichtert war.

»Ich konnte nicht sofort einschlafen.« Thomas zuckte mit den Schultern. »Ich war einfach nicht müde.«

»Aber jetzt bist du ja da. Komm, wir gehen gleich los und verschwenden keine Zeit.«

Sie klapperten erneut alle Straßen ab. Thomas versuchte, mit Vincent Schritt zu halten, kam jedoch schon sehr bald aus der Puste.

»Können wir etwas langsamer laufen, Vincent? Du weißt doch, dass ich nicht so fit bin wie du.«

»Ja, aber zu langsam dürfen wir auch nicht sein. Du weißt ja …«

»Ich weiß.«

Vincent verlangsamte das Schritttempo, aber ging trotzdem noch sehr zügig weiter. Das ließ Thomas schwer und geräuschvoll atmen. Jede Straße, in die sie gelangten, sah genauso aus wie die vorherige. Dunkle, alte Häuser, viel Nebel und Straßenlaternen, die wenig Licht spendeten. Hin und wieder huschte ein Schatten davon, bevor Thomas genauer hinschauen konnte. Kaum drehte er seinen Kopf in die Richtung um, aus der er glaubte, etwas Dunkles gesehen zu haben, war es schon wieder verschwunden. Er hatte den Eindruck, je weiter sie vordrangen, umso mehr solcher Schatten gäbe es in den Straßen. Am Anfang sah er gar nichts und jetzt hatte er den Eindruck, dass an jeder Straßenecke etwas Dunkles lauerte.

»Vincent«, sagte er flüsternd. »Vincent«, wiederholte er leise, als Vincent nicht reagierte.

»Was ist denn?«, fragte dieser schließlich, ohne sich umzudrehen.

»Siehst du auch diese ganzen Schatten da?«

»Ja, die sind immer hier.«

»Die werden aber immer mehr, Vincent.« In seiner Stimme lag Angst und er wollte so schnell wie möglich von hier weg.

In dem Augenblick huschte etwas Kleines, Vierbeiniges von einer Straßenseite auf die andere und verschwand in der nächsten Toreinfahrt. Thomas und Vincent zuckten zeitgleich zusammen und rutschten noch näher zusammen. Sie sahen sich mit entsetzten Gesichtern an. Bisher kannten sie nur dunkle Schatten auf zwei Beinen. Dieses Etwas hier hatte aber ganz sicher vier und war viel kleiner als ein Mensch. Der Größe nach womöglich ein Tier.

»Hab ich mich erschrocken«, sagte Vincent.

»Und ich erst. Was war das denn? «

»Ich glaube, es war eine Katze.«

»Und eine schwarze noch dazu!« Thomas starrte immer noch in die Toreinfahrt, in der die Katze verschwunden war. »Vielleicht sollten wir von hier abhauen?« Er hatte Angst.

»Das geht nicht, Thomas. Wir müssen noch weitersuchen.«

»Vincent, ich habe Angst und außerdem kann ich nicht mehr. Du läufst in einem unglaublichen Tempo, ich kann da nicht mithalten.«

»Na schön. Dann mache ich alleine weiter. Ich muss ihn finden, Thomas. Wenn ich jetzt schon aufgebe, dann rennt uns noch mehr Zeit davon. Das kann ich nicht zulassen.«

»Bist du sicher, dass du noch hier bleiben willst?«

»Was heißt denn wollen? Ich muss!« Vincent schaute Thomas an und legte ihm beide Hände auf die Schultern. »Ich bin dir nicht böse, wenn du jetzt gehst. Ich kann mir denken, wie hart es für dich sein muss und ich bin dir dankbar, dass du mir bis hierher geholfen hast.«

»Wirklich?«, fragte Thomas zweifelnd.

»Wirklich. Es ist okay, wenn du jetzt zurückkehrst.« Vincent ließ ihn los, drehte sich weg und lief in die Toreinfahrt, in der die Katze vor ein paar Sekunden verschwunden war. Thomas sah ihm kurz nach, bewegte ohne zu zögern seine Zehen und verschwand aus der Straße, die von vielen dunklen Schatten nur so wimmelte. Er wollte keinen einzigen Augenblick länger alleine in dieser Straße bleiben.

Vincent ging durch das Tor in den dunklen Hof und sah sich um. Die Katze war nicht zu sehen. Ihm war bisher nicht aufgefallen, dass es diese begehbaren Innenhöfe in den Straßen gab. Vielleicht sollte er nun auch diese Möglichkeit hinzuziehen und in allen Höfen nachsehen. Er war der Katze dankbar, die ihn auf diese Idee gebracht hatte. Als er auf dem Platz nichts

Außergewöhnliches entdecken konnte, ging er wieder auf die Straße zurück und guckte tatsächlich in allen Innenhöfen nach, die er auf dem Weg entdeckte. In den meisten war rein gar nichts, nur Leere und Stille. In einigen war ein Brunnen in der Mitte des Platzes zu sehen. In den meisten befand sich Wasser. Vincent hob einen Stein auf und ließ ihn in den Brunnen fallen. Es hörte sich sehr tief an. Es hatte eine Weile gedauert, bis der Stein das Wasser erreicht hatte und man das Plätschern hören konnte. Vincent sah sich in dieser Nacht bestimmt dreißig Innenhöfe an und entdeckte keine Menschenseele, außer ein paar dunkle Schatten, die in irgendeiner Ecke lauerten. Er war jedoch vernünftig genug, um die Expedition rechtzeitig zu unterbrechen und nach Hause zurückzukehren. Es stimmte ihn sehr traurig, wieder so erfolglos gewesen zu sein, aber er konnte das Risiko nicht eingehen, auch für immer hier bleiben zu müssen. Vincent bewegte seine Zehe und während er von diesem Ort verschwand und an Stephan dachte, kullerte eine einzige Träne seine Wange entlang.

Sowohl Vincent als auch Thomas schliefen sich an diesem Morgen gut aus. Nachdem sie gefrühstückt und geduscht hatten, dachte jeder für sich über die Erlebnisse der letzten Nacht nach. Die Enttäuschung war beiden anzusehen. Wieder war Stephan nicht gefunden und gerettet worden.

Vincent saß beim zweiten Kaffee und dachte darüber nach, was er anders machen müsste, um seinen Freund zu finden. Ihm fiel leider nichts ein. »Mist, verdammter Mist«, sagte er gedankenverloren vor sich hin. Er trank langsam seinen Kaffee aus und beschloss, gleich Thomas anzurufen.

»Hey, Tom«, begrüßte ihn Vincent, als er sich mit »Ja?« gemeldet hatte.

»Puhh, war ganz schön heftig für dich heute Nacht?«

»Ja, das stimmt wohl. Ich war dir leider keine große Hilfe«, bedauerte Thomas.

»Na klar bist du das. Deine Anwesenheit hat mir sehr viel bedeutet.«

»Hmmm ….« Thomas glaubte es nicht wirklich.

»Wir machen heute Nacht weiter, okay?«

»Ja.« Sein Selbstwertgefühl war wie schon so oft im Keller.

Vincent versuchte, Thomas aufzubauen und schaffte es nach einer Weile, doch noch, dass dieser einen Sinn darin sah, ihm weiter bei der Suche zu helfen. Sie verabredeten sich erneut zur gleichen Zeit, am selben Ort. Wieder wollte der Tag nicht zu Ende gehen, was normal war, wenn man auf etwas wartete. Die Tatsache, dass beide Semesterferien hatten und somit nicht wirklich viel zu tun war, machte das Warten umso schwerer.

Tag 7

Gegen halb sechs rief Thomas bei Vincent an. »Ich muss dir für heute Abend absagen.« In seiner Stimme war Bedauern zu hören. Vincent wusste vorerst nicht, was er erwidern sollte. »Ich hatte total den Geburtstag von meiner Oma vergessen«, versuchte Thomas zu erklären.

»Hmm, schade. Aber das geht vor«, fasste sich Vincent kurz.

»Ja, echt sorry, meine Eltern warten schon unten. Wir gehen mit ihr essen und es wird sicherlich länger dauern.«

»Schon gut, ich wünsche dir viel Spaß.« Vincent war enttäuscht und verbarg es auch nicht.

»Tut mir wirklich leid. Hab`s verschwitzt. Aber morgen bin ich wieder dabei.«

»Okay. Tschüss.« Vincent legte auf und war für den Rest des Abends nicht gut drauf. Er machte sich etwas früher auf die Reise und wartete diesmal zweiundzwanzig Uhr nicht ab, nachdem Thomas abgesagt hatte.

Seine Suche erwies sich wieder als erfolglos, obwohl er viel länger unterwegs war, als üblich. Er klapperte alle Straßen ab und sah auch in den Innenhöfen nach. Leider fehlte von Stephan jegliche Spur.

In den Höfen herrschte teilweise beinahe eine totale Finsternis. Die Augen brauchten ziemlich lange, um sich an die Dunkelheit zu gewöhnen. Das kostete Vincent sehr viel Zeit. Ein weiteres Problem war der Nebel, der sich um seine Beine schlängelte. Es war ihm nicht möglich zu sehen, wohin er trat. Einige Male stolperte er über etwas, konnte sich jedoch noch davor retten, um nicht zu stürzen. Bis es dann doch passierte, als er sich in einem dunklen Hof Schritt für Schritt vortastete, fiel er hin. Als er sich wieder aufrichtete, merkte er, dass er sich nicht mehr alleine hier befand. Sehr viele graue Gestalten standen um ihn herum. Sie nutzten die Gelegenheit, als er am Boden lag und kamen ihm immer näher. Er wich zurück und entschied sofort, von hier zu verschwinden.

»So ein Mist«, fluchte Vincent, bevor er an das Bewegen seiner großen Zehe nachdachte. Augenblicklich verschwand er aus dem Innenhof und kehrte zurück in seinen Körper.

Kapitel 25

Tag 8

Als Thomas am nächsten Morgen wach wurde, fühlte er sich wie zerschlagen. So ein Gefühl plagte ihn normalerweise nur, wenn er die Nacht durchgemacht hatte. Er war müde und der Schmerz pulsierte in seiner linken Kopfhälfte. Er überlegte kurzzeitig, sich wieder zurück ins Bett zu legen, unterließ es jedoch und entschied sich hingegen für eine Kopfschmerztablette. Er spülte sie mit der restlichen Cola, die neben seinem Bett stand, hinunter. Sie schmeckte nicht mehr besonders gut, recht abgestanden, aber erfüllte ihren Zweck. Thomas beschloss, seinen Magen zufriedenzustellen, bevor er zu weiteren Überlegungen im Stande war. Jedenfalls musste er Vincent fragen, ob er in der letzten Nacht etwas erreichen konnte. Bei dem Gedanken empfand er Scham. Er genierte sich dafür, dass er ihn alleine gelassen hatte. Das durfte er nicht mehr tun. Aber Omis Geburtstag war auch wichtig für ihn. Wer weiß, wie lange er sie noch hatte. Er hoffte, dass Vincent ihm nicht allzu böse war. Die Enttäuschung in seiner Stimme hatte Thomas nicht überhört.

Er ließ sich viel Zeit beim Frühstück und anschließend im Bad. Er wollte Vincent ausschlafen lassen. Immerhin war er heute Nacht unterwegs gewesen. Als er schließlich seinen zweiten Kaffee ausgetrunken hatte, setzte er sich auf sein Bett und wählte seine Nummer.

»Ja?«, meldete sich Vincent nach dem dritten Klingeln.

»Ich bin`s. Und, warst du erfolgreich?«

»Nein, leider nicht. Ich habe die ganzen Straßen und Innenhöfe abgeklappert, aber ohne Erfolg. Es waren viel zu viele.«

»Und jetzt?«

»Ich werde heute Nacht gleich nochmal mit den Höfen weitermachen. Ich sehe sonst keine andere Möglichkeit, wie ich weiterkommen könnte.«

»Na schön. Wo sollen wir uns treffen?«

»Du bist wieder dabei? Das freut mich, Thomas.« Man konnte die Freude in Vincents Stimme nicht überhören.

»Ja. War blöd heute Nacht von mir. Du weißt schon. Ich hatte es total verschwitzt, das mit meiner Oma.«

»Ist schon okay, Thomas. Ich verstehe das. Mach dir keinen Stress. Wir versuchen es heute Nacht wieder zusammen.«

»Na ja. Also, wo und wann?«

»Na gut, dann würde ich sagen, dass wir uns wieder vor der Kneipe treffen. Um zweiundzwanzig Uhr? Ich denke die Uhrzeit ist okay für uns. Da sind wir wenigstens schon ein bisschen müde.«

»Alles klar.« Thomas schnappte laut nach Luft. »Ich wünsche mir, dass wir ihn endlich finden.«

»Und ich erst«, sagte Vincent leise. »Bis dann, Thomas.«

»Wir sehen uns.« Beide legten gleichzeitig auf.

Es war nicht zu überhören, wie sehr Stephan Vincent

fehlte. Seine Stimme war leise und herzhaft lachen konnte er schon seit einiger Zeit nicht mehr. Sein bester Freund, der ihn schon so viele Jahre begleitet hatte, war auf einmal nicht mehr da und das war für ihn ein schmerzhaftes Gefühl. Die langen Abende, das gemeinsame Musikhören, die Männergespräche und letztlich nur seine Gegenwart fehlten ihm von ganzem Herzen. Stephan war für ihn wie ein Bruder.

Als Thomas seinen Computer eingeschaltet hatte, dauerte es nicht lange, bis das Telefon erneut klingelte. Er ging ran. »Ja?«

»Ich bin`s noch mal, Vincent. Du, mir kam eben die Idee, dass wir vielleicht doch erst mal bei der Brücke nachsehen sollten. Sein Vater hält sich ja dort auf und vielleicht ist er bei ihm. Ich weiß nicht, aber es ist nur so ein Gedanke. Was hältst du davon?«

»Ja, keine schlechte Idee. Dann treffen wir uns an der Brücke, ja?«

»Ja, bis dann.«

»Bis später.«

Sie trafen sich an der verabredeten Stelle. Beide waren pünktlich und tauchten fast zeitgleich auf. Die Wiese, der Wald und das Zwitschern waren wie bei jedem Besuch hier wunderschön, voller Farbenpracht und malerischer Bilder.

»Hmm, ich sehe niemanden. Lass uns mal die Brücke überqueren«, schlug Vincent vor.

Sie gingen langsam über die gebogene Holzbrücke.

Das Wasser schlängelte sich ruhig und plätscherte auf die Kieselsteine, die das Flussufer schmückten. Die Überdachung aus Holz machte die Brücke komplett und gab ihr ein Aussehen wie auf einem Aquarellbild. Auf der anderen Seite setzte sich das Bild in derselben Schönheit fort, als wäre diese malerische Welt durch das Bauwerk aus morschem Holz gar nicht unterbrochen worden. Thomas und Vincent blieben kurz stehen und genossen die Aussicht. Dabei vergaßen sie beinahe, weshalb sie hier waren.

»Ja, keiner hier. Weder Stephan noch sein Vater.«

»Ich sehe auch niemanden. Sollen wir vielleicht zu der Kneipe weiter?«, fragte Thomas.

»Ja, lass uns keine Zeit verschwenden und in der Stadt suchen. Wir treffen uns dort und sehen dann in allen Höfen nach, an denen wir unterwegs vorbei kommen.«

»Gut. Bis gleich.« Er beherrschte das Reisen mittlerweile, als würde er es schon seit langer Zeit praktizieren.

Thomas und Vincent dachten an die schaurige Kneipe in der Stadt. Sie verschwanden augenblicklich von der bunten Wiese und standen in der dunklen Umgebung der düsteren Straßen. Beide tauchten im selben Augenblick vor der Kneipe auf.

»Gehen wir?«, fragte Vincent, um keine Zeit zu verlieren.

»Los geht`s«, stimmte Thomas zu und nickte dabei.

Sie sahen in jedem Hof nach, der ihnen unterwegs auffiel. Selbst wenn es nur ein kleiner, unscheinbarer war, schauten sie kurz hinein. Je weiter sie sich von der Kneipe entfernten, desto grauer und finsterer wirkte die Umgebung und umso mehr schattenhafte Wesen trieben sich umher. Die Luft wurde kälter und nebliger. Thomas versuchte, gegen seine Angst anzukämpfen. Er bemühte sich, nicht genau in alle Ecken hineinzusehen, in denen eine Bewegung zu vernehmen war oder in denen ein Schatten wie ein menschliches Wesen wirkte. Manchmal konnte er aber nicht widerstehen und sah trotzdem hin, um sich zu vergewissern, dass sich nichts in seine Richtung bewegte. Thomas fing an, etwas zu zittern und versuchte, dies zu verbergen. Er durfte Vincent nicht schon wieder alleine suchen lassen. Oder anders gesagt, im Stich lassen. Doch die Situation machte es immer schwieriger, seine Angst zu verbergen.

»Was ist los, Thomas? Möchtest du gehen?«

»Nein.«

»Du zitterst.«

»Mir ist kalt.«

»Kalt? Es ist wirklich kein Problem, wenn du gehen möchtest. Ich schaffe das schon. Du hast mir eh so viel geholfen. Ehrlich.«

»Ich kann dich nicht schon wieder alleine lassen.«

»Doch, das kannst du. Hör mal, ich möchte das jetzt nicht ausdiskutieren. Die Zeit ist zu kostbar.«

»Dann gehen wir weiter«, sagte Thomas entschlossen.

Vincent schüttelte den Kopf und ging in den nächsten Innenhof hinein. Thomas lief ihm hinterher, obwohl er nicht ganz bei der Sache war. Er rang mit sich und konnte keine Entscheidung treffen. Er würde hier am liebsten so schnell wie möglich abhauen, aber er wollte kein Feigling sein und vor allem hatte er nicht vor, Vincent schon wieder alleine zu lassen. Als er in der nächsten Straße wieder zwei graue Gestalten in der Ecke stehen sah, kam er nervlich an seine Grenze. Als die zwei Schatten begannen, sich zu bewegen, schrie er auf.

»Verdammt! Was brüllst du?«

Thomas schrie erneut und zitterte am ganzen Leib.

»Hör auf damit! Quäl dich nicht so und geh endlich. Ich werde es schon schaffen.«

»Ok. Tut mir leid, Vincent, aber ich kann echt nicht mehr.«

»Schon gut. Ich ruf dich morgen an. Geh!«

Thomas wartete nicht mehr lange und musste nicht länger überredet werden. Er hatte ein schlechtes Gewissen, aber seine Panik überwog und er hoffte, dass Vincent es ihm wirklich nicht übel nahm, wenn er sich jetzt aus dem Staub machte. Augenblicklich verschwand er aus der grauen Straße und wog sich somit in Sicherheit. Er verließ diese düstere Welt und ging in einen Traum über, den er in seinem Bett erleben durfte.

Vincent bog in die nächste Straße ein, in der er weitere zehn Innenhöfe inspizierte. Manche davon waren so dunkel, dass er bis zur Mitte gehen musste, sodass er freien Blick auf die Ecken hatte. Die meisten waren jedoch so klein und überschaubar, dass es ausreichte, nur wenige Schritte hineinzugehen, um sich einen Überblick zu verschaffen. In dieser Straße gab es auch kein Lebenszeichen von Stephan. In der nächsten, in die Vincent einbog, lief ihm eine schwarze Katze über den Weg. Vermutlich war es dieselbe, die ihn vor einigen Tagen auf die Innenhöfe aufmerksam gemacht hatte. Vincent witterte eine Chance und sprintete sofort hinter der Katze her. Er ließ viele Höfe unterwegs aus und lief der Katze nach, um die nächste Häuserecke. Jedes Mal, wenn er in die nächste Straße einbog, sah er gerade noch, wie sie um die nächste Ecke verschwand. So durchquerte er mit Sicherheit ein Dutzend Straßen, und als die Katze plötzlich nicht mehr zu sehen war, ging ihm auch schon so langsam die Kraft aus. Er hatte sie verloren. In der Straße, in der er sich nun befand, konnte er sie nicht mehr sehen. Vincent ging in die Knie und atmete schwer.

»Verflucht.«

Er richtete sich nach einigen Sekunden wieder auf, lief langsam bis zur nächsten Straßenecke und sah sich um. Sein Blick wanderte mal nach links und dann nach rechts. Die Katze war fort. Er entschied sich dafür, nach links abzubiegen, aber auch in der nächsten Straße sah er sie nicht. Er hatte das Tier aus den Augen verloren.

Plötzlich ergriff ihn ein seltsames Gefühl. Er hatte den Eindruck, als würde etwas an ihm ziehen. Jemand oder etwas riss an seiner Lebensschnur. Es gab keinen Zweifel. Das Ziehen an seinem Rücken wurde immer fester und war immer intensiver zu spüren. Er musste zurück. Jetzt oder nie wieder. Sofort dachte er an seine Zehe, die er zu bewegen versuchte. Er konzentrierte sich nur noch auf die Bewegung und verschwand aus dieser dunklen Kulisse.

Kapitel 26

Tag 9

Am nächsten Morgen fühlte sich Vincent immer noch sehr müde und erschöpft. Wieder war eine Nacht vergangen, ohne dass er Stephan gesehen hatte. Vincent linste auf seinen Wecker und ließ den Kopf wieder in das Kissen fallen. Zehn Uhr war zu früh für ihn. Jedenfalls fühlte er sich noch zu müde, um aufzustehen. Wäre Stephan hier, dann würde er jetzt bestimmt an der Tür klingeln und frische Brötchen dabei haben oder er hätte Vincent aus dem Bett geschmissen und ihn gedrängt, mit ihm irgendwo frühstücken zu gehen. Er war aber nicht da. Vincent sprang rasch aus dem Bett. Er hatte es sich doch anders überlegt. Wenn er liegen bliebe, dann bestünde die Gefahr, dass er sentimental werden könnte. Somit ging er ins Bad, duschte sich und frühstückte schließlich alleine. Altes Toast mit Marmelade. Das war auch ok. Hauptsache etwas im Magen. Ohne Stephan schmeckte es sowieso nicht. Selbst der Kaffee schmeckte irgendwie anders, als sonst. Wenn er ihn mit Stephan trank, dann war er perfekt. Warum auch immer.

Vincent griff zum Telefonhörer und wählte Thomas Nummer.

»Ja?«

»Schon wach?«

»Ja, aber noch nicht lange. Und?« Thomas wollte mehr über die weitere Entwicklung der gestrigen

Nacht erfahren.

»Ich habe diese schwarze Katze wieder gesehen und bin ihr nachgelaufen. Leider habe ich sie aus den Augen verloren. Ich bin dieser Katze kilometerweit gefolgt, plötzlich war sie aber weg. Irgendwie habe ich das Gefühl, dass sie uns helfen will.«

»Wie kommst du drauf? Schwarze Katzen bringen in der Regel Unglück und kein Glück.«

»Ich weiß nicht, aber ich hatte einfach das Gefühl, dass sie mich irgendwo hinbringen wollte. Wenn ich sie heute Nacht wiedersehe, dann werde ich ihr folgen.«

»Denkst du wirklich, dass sie dir helfen möchte?«

»Ich bin mir nicht sicher, es ist einfach so ein Gefühl.«

»Ok. Ich gehe wieder mit, auch wenn ich dir nicht versprechen kann, dass ich bis zum Schluss bleibe.«

»Das ist ok, Thomas. Auch wenn du nur am Anfang dabei bist, ist es ok und mir auch eine große Hilfe.«

»Gut.« Sie verabredeten sich wieder für zweiundzwanzig Uhr vor der Kneipe.

Wie verabredet tauchten sie fast pünktlich vor dem Eingang der Schenke auf. Sie verabscheuten diesen Ort. Die graue, kalte Umgebung machte mit der Zeit depressiv.

»Na dann los, Thomas«, sagte Vincent, was der Startschuss für die Suche war.

Die Prioritäten waren nun anders gesetzt. Die Suche nach der schwarzen Katze war eröffnet. Wie schon in den vielen Nächten zuvor, liefen sie von einer Straße in die nächste hinein. Ein paar Mal blieben sie kurz stehen, um sich zu vergewissern, dass es sich bei den dunklen Schatten, die in der Ecke standen, nicht um die schwarze Katze handelte. Vincent hörte irgendwann auf, die Straßen zu zählen oder zu versuchen, sich den Weg zu merken. Er hatte mittlerweile gar keine Ahnung, wie er wieder zurück zu der Kneipe laufen musste. Das war ihm auch egal. Er wollte gar nicht mehr zurück. Thomas hielt sich diesmal ganz wacker und hielt gut Schritt mit Vincent.

»Meinst du, wir finden sie? Die Katze?«, flüsterte Thomas.

»Ich weiß nicht. Komm, lass uns jetzt weitergehen.«

Auch die nächsten zwanzig Straßen glichen sich alle. Der Nebel wurde immer dichter, je weiter sie sich von dem Ausgangspunkt entfernten. In die Innenhöfe schauten sie gar nicht mehr rein, um sich die Zeit zu sparen. Beide glaubten nicht mehr daran, die Katze jemals zu finden. Als Vincent schon vorschlagen wollte, wieder zurückzulaufen, huschte ein kleiner, schwarzer Schatten über die Straße und verschwand hinter der nächsten Hausecke.

»Komm schnell!« Vincent sprintete los und Thomas folgte ihm direkt hinterher. Als sie die Straßenkreuzung erreicht hatten und in die nächste Straße blicken konnten, saß die Katze mitten auf der Straße, als würde sie auf die beiden warten.

Vincent und Thomas gingen langsam auf sie zu. Sie versuchten, leise zu sein. Als sie fünf Meter vor ihr standen, erhob sich die Katze, drehte ihnen den Rücken zu und lief erneut davon. Vincent und Thomas liefen wieder los und bogen in die nächste Straße ein, wo vor einem Augenblick die Katze verschwunden war. Da war sie wieder. Wie vor wenigen Augenblicken saß sie mitten auf der Straße und wartete. Sie verlangsamten wie schon zuvor ihr Tempo und gingen langsam auf die Katze zu. Als sie erneut nur ein paar Meter entfernt vor ihr waren, lief sie wieder los. Dieses Spiel wiederholte sich dreizehn Mal. In der dreizehnten Straße wartete die Katze wie üblich sitzend und ließ ihre Verfolger bis auf ein paar Meter an sich heran, um schließlich wieder wegzulaufen. Die Katze lief diesmal nicht in die nächste Straße, sondern in einen der Innenhöfe hinein, die sich in dieser Gegend befanden. Vincent schaute Thomas kurz an, ohne etwas zu sagen, dann lief er der Katze hinterher. Sie blieben in dem breiten Durchgang stehen, der zu dem Innenhof führte, und spähten hinein. Der ausladende Hof war allseitig von großen, dunkelgrauen Steinen umschlossen. Die Hausfassaden und auch der Boden waren mit den quadratischen Betonsteinen zugepflastert. Nur nach oben hin gab es keine Steine. Dort war der Himmel oder etwas, was den Himmel bilden sollte, dunkelgrau. Das konnte man nicht so genau erkennen, da viele Nebelwolken über den Köpfen hingen. In dem großen Innenhof gab es keine einzige Laterne. Die alleinige Lichtquelle war die schwache Beleuchtung, die von der Straße stammte. Es war äußerst schwer, Konturen zu erkennen und manche

Umrisse konnten nur erahnt werden. Als sich endlich die Augen an das schwache Licht gewöhnt hatten, war es möglich, etwas Dunkles in der Mitte des Hofes auszumachen.

»Ist das ein Brunnen?«, fragte Thomas leise, obwohl er die Antwort eigentlich kannte.

»Ja, solche Brunnen habe ich schon in einigen dieser Innenhöfe gesehen. Es ist sogar Wasser drin. Glaube ich zumindest. Jedenfalls sind sie sehr tief«, flüsterte Vincent, während er langsam, um nicht zu stolpern, darauf zulief.

»Wofür brauchen die hier Brunnen?«

»Keine Ahnung. Durst werden die hier bestimmt nicht haben.« Vincent musste bei diesem Gedanken sogar schmunzeln. »Komm, lass uns ihn näher ansehen.«

Von der Katze war keine Spur mehr zu sehen, auch wenn sie in den Innenhof rein gelaufen war.

Nachdem sie sich dem Brunnen bis auf ein paar Schritte genähert hatten, konnten sie noch etwas erkennen. Eine Kontur, die bei dieser Dunkelheit bisher wie mit der Mauer verschmolzen gewirkt hatte.

»Was ist das?« Thomas flüsterte wieder und merkte, wie ihm ein Schauer über den Rücken lief.

»Ich weiß nicht. Könnte einer von diesen Schatten sein.« Vincent ging zwei Schritte weiter auf den Brunnen zu. Die dunkle Gestalt saß auf der Mauer und bewegte sich nicht. Sie ließ den Kopf nach unten hängen und starrte auf den Boden. Die Hände lagen locker im Schoß.

»Das ist Stephan«, flüsterte Vincent. Er drehte sich zu Thomas um, der ein paar Schritte hinter ihm stehen geblieben war und wiederholte seine Worte. »Das ist Stephan«.

Thomas ging nun ein paar Schritte vor und blieb neben Vincent stehen. Er kniff seine Augen zusammen, um besser hinsehen zu können. »Bist du sicher?«

»Ja, das bin ich. Es ist Stephan.«

»Er schaut aber irgendwie eigenartig aus.« Stephan sah noch nicht so aus wie die übrigen dunklen Wesen hier, aber er hatte eine leicht dunkle Schattierung im Gesicht, die vermuten ließ, dass er sich nach und nach zu solch einem Wesen umwandelte.

»Ja, ich glaube, er wird so langsam zu so einem Schattenwesen. Er ist so verschwommen und dunkel.« Vincent ging noch ein paar Schritte auf Stephan zu, sodass ihn nur etwa zwei Meter von seinem Freund trennten. Thomas folgte ihm. Er fürchtete sich, war aber gleichzeitig auch neugierig. Er wollte Stephan auch genauer sehen. Stephan wiederum hatte sich kein bisschen bewegt und saß immer noch auf den Boden starrend da.

»Stephan?« Vincent fasste nun Mut und sprach seinen Freund an. »Stephan?«

Stephan zeigte keinerlei Reaktion auf diese Worte. Vincent ging noch einen Schritt auf ihn zu. Thomas blieb vorsichtshalber da stehen, wo er war.

»Stephan, hier ist Vincent!« Er rührte sich immer noch nicht. »Stephan, hier ist dein bester Freund. Hier ist Vincent. Erkennst du mich nicht?« Vincent wäre ihm am liebsten um den Hals gefallen, aber das traute er sich nicht. So groß die Freude auch war, ihn wiederzusehen, hatte er dennoch zu sehr Angst, dass sein bester Freund nicht mehr sein Stephan war.

»Stephan, komm schon. Ich bin`s, Vincent!« Er sprach noch lauter. Die Worte hallten in dem leeren Innenhof nach. »Stephan! Komm schon!«

Sein bester Freund zuckte. Nur ganz kurz und kaum erkennbar.

»Hey Stephan. Hier ist Vincent. Ich weiß, dass du mich hörst. Komm schon! Du lässt doch deinen besten Freund nicht im Stich. Ich bin hier, um dich wieder nach Hause zu holen.« Vincent ging in die Hocke, um Stephan besser ins Gesicht sehen zu können. Dessen Augen bewegten sich, sein Kopf blieb weiter nach unten gerichtet, aber seine Augen schauten nach oben. Sie schauten Vincent an.

»Ich bin`s Vincent. Stephan!« Als Antwort zwinkerte Stephan. »Hallo, mein Freund. Erkennst du mich?« Wieder nur ein Zwinkern.

Plötzlich wurde es Vincent unwohl. Etwas fing an, an seinem Rücken zu ziehen. Nicht sehr stark, aber gut spürbar. Er drehte sich zu Thomas um.

»Ich glaube, wir müssen zurück. Bei mir zieht einer an der Silberschnur.«

»Ja, bei mir auch, Vincent. Das seltsame Gefühl, von dem du erzählt hattest, spüre ich auch. Wir müssen uns beeilen.« Thomas, der schon wieder leichte Panik verspürte, fing augenblicklich an, seine Zehen zu bewegen. Er löste sich in Luft auf und ließ Vincent mit

Stephan alleine zurück.

»Stephan, mein Freund. Ich komme wieder. Verlass dich drauf. Ich lasse dich nicht hier. Bis bald.« Stephans Augen sahen Vincent an. Sein Körper saß weiterhin schlaff auf dem Brunnenrand. Nur seine Augen zeigten, dass er etwas erkannt hatte. Vincent dachte an die Bewegung seiner Zehen und verschwand. In dem Augenblick, als er sich in Luft auflöste, begann er fürchterlich zu weinen.

Kapitel 27

Stephans Gedanken

Da ist er schon wieder. Dieser Mann, der mich bereits vor ein paar Tagen genervt hatte. Der mich verfolgt hatte. Er redet schon wieder so viel. Ich kann es sowieso nicht verstehen. Das ergibt keinen Sinn. Was will er? Heute ist er nicht alleine hier. Sie sind zu zweit. Der Zweite sagt aber nichts, er steht nur da und guckt mich so seltsam an. Der erste Mann, der schon mal hier war, schreit heute wenigstens nicht so, wie das letzte Mal. Heute stört es mich weniger, die Stimme ist angenehmer. Irgendwie vertrauter ...

Vielleicht kenne ich ihn doch? Vielleicht sogar beide? Ich weiß es nicht. Aber die Stimme kenne ich irgendwoher. Ich weiß nicht ...

Er sagt, sein Name ist Vincent. Den Namen habe ich schon mal gehört. Irgendwo. Irgendwann. Muss aber schon sehr lange her sein. Ich kann mich nicht erinnern. Der andere kommt mir aber bekannt vor. Ist bestimmt auch schon sehr lange her, seitdem ich ihn gesehen habe. Er sagt nichts. Vielleicht würde ich die Stimme erkennen.

Mein Kopf fühlt sich an, als würde er aus Watte bestehen. So schwer. Ich kann nicht klar denken, kann mich nicht erinnern. Ich strenge mich doch schon so sehr an. Es geht nicht. Ich weiß nicht ...

Seine Stimme ist freundlich. Ich mag sie. Jetzt fühlt es sich besser an, als vorhin. Ich kenne ihn irgendwoher. Vincent, Vincent? Und mich nennt er Stephan. Das kann sein. Vielleicht heiße ich wirklich so? Möglich. Aber sicher bin ich mir nicht. Viele heißen so.

Der andere, der nichts gesagt hat, ist weg. Er ist plötzlich verschwunden. Einfach in Luft aufgelöst. Er kommt mir bekannt vor. Aber jetzt ... kann mich an ihn nicht mehr wirklich erinnern. Ich weiß nicht mehr, wie er ausgesehen hat.

Aber dieser Vincent ist noch hier. Er spricht weiter. Sagt etwas, was ich nicht verstehe. Aber es hört sich gut an und ich mag es immer mehr. Vincent, hmmm .... Eigentlich ist es schön, nicht alleine zu sein. Bis eben dachte ich noch anders darüber. Ich könnte mich an ihn gewöhnen.

Jetzt ist er plötzlich auch weg. Dieser Vincent, mit der freundlichen Stimme. Er ist auch plötzlich verschwunden. Einfach so. Ich weiß nicht wohin. Wie hieß er noch mal? Der Mann, der hier war. Ich weiß es nicht mehr. Es ist auch unwichtig. Er ist ja weg. Endlich habe ich meine Ruhe wieder. Keiner quatscht sinnloses Zeug. Ich bin wieder alleine. So ist es gut. So ist es schön. Ich kann die Gehwegplatten jetzt weiter zählen. Er hatte mich unterbrochen. Eins, zwei, drei, vier, ...

Kapitel 28

Thomas wachte mitten in der Nacht auf. Bisher hatte er nach einer nächtlichen Reise immer durchgeschlafen. Er fror und fühlte sich nicht so gut. Die Magenkrämpfe und der Schwindel machten es ihm schwer, zur Ruhe zu kommen. Er sah auf den Wecker, es war kurz nach zwei. Seine Gedanken wanderten zu Stephan. Er hatte ihn gesehen, zum ersten Mal, seitdem er alleine da drüben zurückgeblieben war. Es war erschreckend. Thomas hatte sich heute Nacht so hilflos gefühlt. Er war in dem dunklen Innenhof nur da gestanden und hatte Vincent zugesehen, als er auf Stephan einredete. Jetzt, in seinem Schlafzimmer, wusste er auch nicht wirklich, was er darüber denken sollte. Es erschien alles so hoffnungslos. Stephan war verloren, er sah schon viel zu sehr aus wie die anderen grauen Gestalten. Zwar war noch zu erkennen, dass es Stephan war, jedoch fehlte nicht mehr viel bis zur vollständigen Verwandlung.

»Dieses verfluchte Experiment«, sagte Thomas laut, obwohl ihm keiner zuhörte. »Warum nur mussten sie damit anfangen?« Thomas legte sich wieder hin, drückte die Handflächen auf seinen Bauch und starrte an die Decke. Der Druck tat gut und verschaffte ein wenig Linderung. Trotz der Krämpfe, döste er schließlich ein.

Ein seltsames Geräusch riss ihn aus dem leichten Schlaf. Es hörte sich an wie ein Kratzen. Er konnte es ganz deutlich vernehmen, wusste jedoch nicht, wie er es zuordnen sollte. Vielleicht hatte er das nur geträumt, kam ihm in den Sinn. Es dauerte eine Weile, bis er sich in der Lage fühlte, die Augen zu öffnen. Das Geräusch war immer noch da. Thomas hatte Angst. Er zog die Bettdecke über seinen Kopf und lauschte. Es kratzte weiter. Er versuchte die Richtung, aus der diese Erscheinung kam, zu orten. Es hörte sich an, als wäre es unter seinem Bett. Die Stelle, von der dieser Ton kam, musste sich in der Nähe befinden. Thomas zitterte, jedoch nicht, weil er fror. Die Schweißperlen liefen über seine Stirn, an den Ohrläppchen entlang und verteilten sich auf dem Hals und Kopfkissen. Er hatte so sehr Angst, dass sein Kinn anfing zu zittern. Das Verlangen zu schreien war groß, aber er brachte keinen Ton zustande. Das Kratzen wurde plötzlich leiser und verstummte. Thomas lauschte. Die Decke hielt er fest über seinem Kopf. Er traute sich nicht, unter seinem Bett nachzusehen. Das Zittern und Schwitzen wollte nicht aufhören. Seine Zähne klapperten kurz. Thomas gab sich Mühe, sie aufeinander gepresst zu halten. Es war nichts mehr zu hören. Dieses Kratzen war nicht mehr da. Etwas zupfte am Fußende seiner Decke. Diesmal schrie Thomas vor Schreck auf. Das Zupfen verwandelte sich in ein Ziehen. Die Decke wurde mit viel Kraft weggezogen. Thomas hielt sie am anderen Ende solange fest, bis ihn die Kraft verließ. Die Bettdecke verrutschte, sodass sich sein Kopf nicht mehr drunter befand. Dann sah er sie, eine graue Gestalt mit den leuchtenden Augen. Thomas brüllte aus ganzer Kraft und schloss die Augen.

»Was ist los, um Himmelswillen?« Seine Mutter stand in der Tür und knipste das Licht an. Als sie ihren Sohn sah, so verschwitzt und panisch im Bett liegend, stürzte sie sofort auf ihn zu. »Schatz?«

Thomas schnappte nach Luft, wie ein Fisch ohne Wasser. Er war noch gar nicht in der Lage zu antworten.

»Was ist denn los? Hast du schlecht geträumt?« Sie holte ein Taschentuch, welches auf dem Nachtschränkchen lag, und tupfte ihm den Schweiß von der Stirn.

»Ja. Ein Albtraum«, keuchte er weiter, schwer atmend. Wenigstens hatte das Zittern jetzt aufgehört.

»Ohhh, Junge.« Sie tupfte ihm weiter die Schweißperlen von der Stirn ab. »Soll ich dir was bringen?«

»Nein.« Thomas nahm die Colaflasche neben seinem Bett und trank sie leer.

»Versuche zu schlafen«, sagte seine Mutter besorgt.

»Mutti …«

»Ja?«

»Darf ich heute bei euch schlafen?« Thomas schämte sich für seine Frage. Er war erwachsen, mehr oder weniger. Aber heute Nacht, alleine in seinem Zimmer, wollte er nicht bleiben.

»Ausnahmsweise«, antwortete seine Mutter schmunzelnd. Er war froh darüber und folgte ihr aus seinem Zimmer hinaus.

Thomas lag zwischen seinen Eltern und war hundemüde. Viel Platz hatte er nicht in dem Bett. Er versuchte sich schlank zu machen, was nicht so einfach war. Seine Eltern lagen jeweils am äußersten Rand der Matratze, obwohl Thomas auf der Seite lag und versuchte, sich nicht viel zu bewegen. Es war sehr unbequem, trotzdem viel besser, als alleine in seinem Zimmer zu sein.

»Versuche zu schlafen«, flüsterte seine Mutter, die gemerkt hatte, dass Thomas nicht einschlafen konnte. Für sie war es auch unbequem, aber für ihren Sohn würde sie alles tun.

»Ich versuche es ja«, nuschelte Thomas zurück. Sein Vater schnarchte. Scheinbar hatte er kein Problem mit der Enge. Thomas schloss die Augen und versuchte, einzuschlafen. Hin und wieder öffnete er sie wieder und sah sich im Zimmer nach etwas Verdächtigem um. Nachdem er nichts entdecken konnte, machte er die Augen wieder zu. Letztendlich schaffte er es, doch noch einzuschlafen. Seine Träume waren unruhig und er fuchtelte dauernd mit den Händen umher. Seine Mutter lag wach da, um seine Schläge abzuwehren. Gegen Morgen beruhigten sich Thomas Träume, sodass auch sie ein wenig schlummern konnte.

Kapitel 29

Tag 10

Als Thomas die Augen öffnete und sich der Länge nach streckte, hatte sein Vater bereits das Schlafzimmer verlassen und war zur Arbeit gefahren. Er lag alleine im Bett und lauschte den Geräuschen, die aus der Küche kamen. Es roch nach Kaffee. Seine Mutter bereitete Frühstück für ihn zu. Als er den Geruch vom Speck wahrnahm, knurrte sein Magen. Er sprang aus dem Bett und ging direkt in die Küche, ohne sich vorher geduscht oder umgezogen zu haben. Das vertagte er auf danach.

»Guten Morgen«, sagte er zu seiner Mutter, als er am Esstisch Platz nahm.

»Guten Morgen, Schatz. Konntest du noch ein wenig schlafen?« Sie musterte ihren Sohn durch die Brille.

»Ja«, murmelte er knapp.

Während Thomas schweigend am Tisch saß, rührte seine Mutter die Eier in der Pfanne. Sie schaufelte die ganze Portion auf einen Teller, legte liebevoll Speckstreifen drauf und stellte ihn vor Thomas auf dem Esstisch ab.

»Danke«, sagte Thomas, während er ein Brötchen aus dem Brotkorb fischte. Er schnitt es durch und trug ganz dick Butter auf, dann fing er schmatzend an, zu essen. Seine Mutter setzte sich ihm gegenüber hin und musterte ihren Sohn.

»Möchtest du mir erzählen, was heute Nacht los war?«

»Es war doch nichts. Nur ein blöder Albtraum.« Während er mit vollem Mund antwortete, sah er seine Mutter nicht an.

»Ich weiß, dass irgendwas nicht stimmt. Schon seit Tagen benimmst du dich mehr als seltsam. Du bist mein Sohn und ich mache mir Sorgen«, redete sie auf ihn ein, während sie den halbvollen Kaffeebecher zwischen den Händen hielt.

»Du brauchst dir keine Sorgen machen. Ist nur so eine komische Phase. Wird bestimmt bald wieder.«

»Du träumst so schlecht, schleichst hier mitten in der Nacht durch die Küche, bist nervös. Ich weiß echt nicht, was ich davon halten soll.«

»Ohhh Mutti, mache dir doch nicht immer so viele Sorgen um mich.« Thomas stand auf, räumte den leeren Teller und die Tasse in die Geschirrspülmaschine und sah seine Mutter an. Sie lächelte, woraufhin er ein paar Schritte auf sie zuging, die Arme um sie schlang und ihr ein Bussi auf die Wange drückte. »Ich gehe duschen«, sagte er noch flüchtig, während er sich von ihr löste und die Küche verließ.

Nachdem Thomas die Treppe hoch gelaufen war, machte er die Tür zu seinem Zimmer einen Spaltbreit auf und spähte hinein. Er sah keine Schatten und nichts Verdächtiges. Durch das Fenster schien genug Licht, um alles sehen zu können und sich nicht fürchten zu müssen. Er machte die Tür ganz auf, holte schnell seine Jeans, ein frisches T-Shirt und Unterwäsche aus dem Schrank und verließ sein Zimmer wieder. Nach dem Duschen fühlte er sich viel besser. Der Schlafanzug landete im Wäschekorb, der Hauch von Schweiß war deutlich zu riechen.

Er nahm den Telefonhörer aus der Ladestation und ging vor die Tür, um Vincent anzurufen. In seinem Zimmer mochte er sich momentan nicht aufhalten.

»Hallo Thomas«, meldete sich Vincent am anderen Ende der Leitung.

»Hallo«, sagte Thomas. »Und? Hast du es geschafft?«

»Nein, leider nicht. Ich musste zurück. Dabei hatte ich den Eindruck, dass Stephan mich versteht. Er sah mich an und …«

»Vincent. Ich finde, wir müssen damit aufhören.«

»Nein, wir sind nah dran. Ich muss es weiter versuchen. Das nächste Mal schaffe ich es bestimmt.«

»Ich habe Angst. Ich kann nicht mehr.«

»Was hast du denn? Wovor?« Vincent war überrascht über das plötzliche Schluchzen.

»Ich …« Thomas zog die Rotze geräuschvoll hoch. »Heute Nacht hatte ich Besuch.«

»Was meinst du?«

»So ein dunkles Wesen war bei mir im Zimmer. Es war schrecklich, Vincent.« Jetzt ließ er seinen Tränen freien Lauf. »Es hat Geräusche gemacht und mir die Decke weggezogen. Ich kann nicht mehr, Vincent.«

»Beruhige dich. Gut, dass nichts Schlimmes passiert ist.«

»Es war schlimm genug.« Thomas holte erneut das gebrauchte Taschentuch aus seiner Hosentasche und putzte sich laut die Nase.

»Ja, das glaube ich dir. Aber dir ist nichts passiert?«

»Nein.«

»Darüber bin ich sehr froh.« Vincent war fassungslos und gleichzeitig erleichtert, dass Thomas es unverletzt durchgestanden hatte. »Na schön. Was hältst du davon, wenn du jetzt ein wenig relaxt und wir später noch mal telefonieren?«

»Relaxen? Ich denke nicht, dass ich das heute kann.« Er zog wieder den Inhalt der Nase hoch. »Aber wir telefonieren nachher. Ist vielleicht besser.«

»Okay, abgemacht.«

»Bis später.« Thomas legte auf und putzte sich nochmals die Nase. Er ging wieder ins Haus, machte sich auf dem Sofa bequem und schaltete den Fernseher ein. Heute hatte er keine Lust auf Spiele in seinem Zimmer.

Kapitel 30

Am späten Nachmittag rief Vincent bei Thomas an, um mit ihm die weiteren Schritte zu besprechen. Er hatte eine Idee, wie sie Stephan zurückbringen könnten. So wie sie bisher vorgegangen waren, erwies sich alles andere als Erfolg versprechend. Er hoffte, Thomas würde seiner Idee nach dem Erlebnis der letzten Nacht, zustimmen.

»Also pass auf, Thomas. Ich finde, du solltest heute Nacht dableiben und ich gehe alleine suchen.«

»Warum? Ich weiß, ich bin zu langsam und hatte Angst, aber ….«

»Thomas, so war das jetzt nicht gemeint. Du wirst auf meinen Körper aufpassen, während ich Stephan suche. So habe ich länger Zeit.«

»Ach so. Ähmm … Aber wenn dann wieder so ein Schatten kommt? Ganz ehrlich, ich finde das schlimmer, als mit dir zu gehen.« Thomas dachte an die letzte Nacht und bekam Gänsehaut.

»Ich sehe keine andere Möglichkeit. Sonst muss ich ständig Angst haben, dass ich genauso dort zurückbleibe wie Stephan.«

»Und was soll ich tun, wenn so ein Teil auftaucht?«

»Das wird es nicht. Trotzdem wäre es dann durch dich abgelenkt und für diese Kreaturen nicht mehr so einfach, meinen Körper zu übernehmen. Diese Untoten versuchen uns Angst einzujagen. Übernehmen können sie ja nur den Körper, wenn er von der Seele getrennt ist. Das wird schon gut gehen.«

»Hast du keine anderen Ideen?« Ihm standen die Nackenhaare zu Berge.

»Ich fände es vernünftig. Komm um acht zu mir, dann trinken wir ein Bierchen zusammen und ich gehe anschließend auf Reisen.«

»Na gut. Bis später,« willigte Thomas mit einem mulmigen Gefühl im Magen ein.

Um Punkt acht war Thomas bei Vincent. Sie machten es sich auf dem blauen Sofa gemütlich und tranken Bier. Vincent hatte zuvor ein Sixpack an der Tankstelle besorgt und es kühl gestellt. Sie sprachen nicht besonders viel miteinander. In Gedanken verloren, nippten sie hin und wieder an der Flasche. Vincent hatte die *Metallica* CD eingelegt und sie lauschten der Musik. Nach einer Weile redeten sie über die letzte Nacht und darüber, was sie an dem Ort der verlorenen Seelen erlebt hatten. Doch schon nach ein paar Sätzen verstummten sie erneut und starrten vor sich hin. Es war alles gesagt. Stephan steckte in der anderen Welt fest und die Aussichten, ihn wieder zurückzuholen, schwanden immer mehr. Beiden war klar, dass es sich heute vielleicht um die letzte Möglichkeit handelte, ihren Freund zurück nach Hause zu holen. Falls es nicht bereits zu spät war. Die Verwandlung hatte schließlich schon angefangen und sie wussten nicht, wie viel Zeit noch übrig blieb, bis sich Stephan komplett in ein anderes Wesen verändern würde.

»Und, glaubst du noch daran?«, fragte Thomas.

»Was meinst du?« Vincent wurde aus seinen Gedanken heraus gerissen.

»Na, dass du ihn zurückholen kannst.«

»Ich werde mein Möglichstes tun. Ob es klappt, weiß ich nicht, aber ich gebe heute Nacht alles, was ich kann, um unseren Freund wieder nach Hause zu bringen.«

»Das weiß ich.« Thomas nippte an seinem Bier. Erneut war Stille eingekehrt. Nach einer Viertelstunde ergriff Vincent wieder das Wort.

»Du solltest kein weiteres Bier mehr trinken, sonst pennst du ein, anstatt auf mich aufzupassen.« Vincent lachte.

»Schon gut. Ich trinke keins mehr.« Thomas stellte seine leere Bierflasche zu der anderen auf den Boden und lehnte sich wieder zurück. Die Melodie machte die Stimmung noch melancholischer und sowohl Vincent als auch Thomas fühlten sich in dem Moment unwohl.

»Ich trinke noch eins, um noch ein bisschen müder zu werden. Ich glaube, es wird mir schwerfallen einzuschlafen mit dem Wissen, dass du neben mir sitzt und mich beobachtest.« Vincent musste lachen.

»Ja, ja, ist schon gut. Ich schaue dir dabei zu.« Eigentlich hätte Thomas ganz gerne noch ein Bier mitgetrunken.

Kurz vor dreiundzwanzig Uhr stellte Vincent seine dritte leere Flasche ab und stand auf. Er ging ins Bad, putzte sich wie üblich die Zähne, zog seinen Schlafanzug an und ging noch mal auf die Toilette. Als er wieder aus dem Bad kam, sah er Thomas eindringlich an.

»Ich hoffe, du passt gut auf mich auf, Tom.«

»Ich tue mein Bestes.« Thomas spähte kurz zum Fernseher rüber. »Macht es dir was aus, wenn ich den einschalte? Ich kann ja auf stumm schalten.« Einfach nur so die ganze Nacht dazusitzen und die Wände anzugucken, konnte er sich nicht vorstellen.

»Ja, sicher. Mach das.« Vincent legte sich ins Bett und deckte sich zu, während Thomas den Fernseher einschaltete. Er drückte gleich auf die Stummtaste und zappte durch die Programme.

»Dann bis morgen früh.« Vincent hob kurz seinen Kopf vom Kissen.

»Bis morgen.« Nach einer kurzen Bedenkpause, fügte er noch hinzu: »Pass auf dich auf und bringe Stephan zurück.«

Vincent antwortete mit einem kurzen Lächeln und schloss seine Augen. Thomas lehnte sich wieder zurück und schaute in den stummen Fernseher. In manchen Momenten wünschte er sich, zu hören, was die Menschen in der Kiste sagten. Thomas hoffte nur, dass er nicht einschlafen würde. Ein Kopfhörer wäre jetzt perfekt, aber Vincent schien keinen zu haben.

Kapitel 31

Vincent glitt langsam in den Schlaf. Er hätte nicht gedacht, dass er so schnell in diese Phase gelangen würde, weil er eigentlich sehr unruhig war, als er sich hingelegt hatte. Die neue, ungewohnte Situation hatte ihm anscheinend nicht so viel ausgemacht, wie er zunächst dachte. Einen Aufpasser, der im selben Raum saß, das gab es nicht alle Tage. Er hörte das Klingeln, die Gespräche in weiter Ferne und die übrigen Geräusche, die er immer in dieser Phase hörte. Er trat aus seinem Körper und sah sich schlafend und Thomas auf dem Sofa sitzend und in den Fernseher starrend. Er dachte sich wieder in diese dunkle, graue Welt, in der er in der letzten Zeit schon so oft gewesen war. Als er vor der Kneipe auftauchte, versuchte er, denselben Weg wie letzte Nacht zu laufen, obwohl er wusste, dass dies kaum möglich war, nachdem sich alle Straßen sehr ähnlich sahen. Er ging los und durchquerte etliche Straßen und Gässchen, in der Hoffnung, die schwarze Katze der letzten Nacht wieder zu entdecken. Er sah diesmal in keinem der Innenhöfe nach, sondern lief einfach gerade aus und bog beliebig nach rechts oder links ab, wenn die jeweilige Straße zu Ende war. Er durchquerte bestimmt schon die zwanzigste Straße in Folge, als ihm endlich das schwarze Tier über den Weg lief. In der Hoffnung, sie würde ihm wieder helfen, folgte er ihr wie schon in der Nacht zuvor. Es waren noch einige Straßen, die er ihr hinterher hechten musste, bis sie endlich in einen der Innenhöfe hinein lief. Er ging durch das große Tor und befand sich in einem großen, dunklen Hof. Eine Weile dauerte es, bis sich seine Augen an die Dunkelheit gewöhnt hatten. Es war dieselbe Kulisse, wie letzte Nacht. Zumindest schaute es genauso aus. Wieder diese alten Hausfassaden aus dunklem Sandstein und graue Pflastersteine unter seinen Füßen. In der Mitte der Brunnen. Vincent strengte seine Augen an, um mehr zu erkennen. Es war etwas zu weit weg und er ging ein paar Schritte auf den Brunnen zu. Tatsächlich! Dort saß der Schatten wieder. Er ging noch näher hin. Ja, es war Stephan, der dort genauso da saß, wie schon gestern. Vincent ging bis auf zwei Meter langsam auf Stephan zu.

»Hallo Stephan.«

Die graue Gestalt, die einst Stephan war, saß wieder wie erstarrt auf dem Brunnenrand und guckte auf den Boden, ohne sich auch nur einen Millimeter zu bewegen. Sein Kopf hing schlaff nach unten und seine Hände lagen lose im Schoß.

»Ich bin`s, dein Freund Vincent.« Selbst jetzt, nachdem Vincent das Wort ergriffen hatte, war keine Reaktion zu erkennen. Vincent ging noch einen weiteren Schritt auf ihn zu. Stephan war noch schattenhafter als in der Nacht zuvor. Er saß da, wie fest angewachsen. Als hätte er sich seit letzter Nacht gar nicht von dieser Stelle bewegt.

»Stephan. Hier ist Vincent.« Er versuchte es noch einmal. Irgendwie musste er doch zu ihm durchdringen. Der leere Blick in Stephans Augen war erschreckend.

»Hey Kumpel! Ich bin`s, dein bester Freund Vincent.« Stephan starrte weiter vor sich hin und bewegte keines seiner Glieder. Er saß immer noch da und glotzte den Boden an.

»Stephan!« Diesmal schrie er viel lauter als bisher. Stephans Augen sahen nach oben, in Vincents Richtung.

»Hey Stephan. Hier ist Vincent. Erkennst Du mich?« Stephans Augen zwinkerten. Es war eine sehr langsame Bewegung, aber Vincent war froh darüber, dass sich überhaupt etwas bewegt hatte. Der schlaffe Körper saß weiter unbeweglich auf der Mauer des Brunnens und starrte jetzt statt des Bodens Vincent an. Vincent stellte sich direkt vor seinen Freund und ging in die Hocke, um ihm besser in die Augen schauen zu können.

»Stephan, schau mich bitte an. Ich bin`s, dein bester Freund Vincent. Willst du nach Hause? Ich helfe dir. Komm, wir gehen nach Hause. Los, mach schon. Du musst zurück in deinen Körper. Du gehörst hier nicht hin. Dein Zuhause ist bei mir und Thomas. Hörst du mich?« Er sprach völlig durcheinander, aber er musste irgendwie die Aufmerksamkeit seines Freundes gewinnen. Er kämpfte momentan mit sich selbst. Einerseits wollte er ihn anfassen, seine Hand nehmen, aber anderseits traute er sich das nicht. Diese graue, leblose Hand. Wie sie sich wohl anfühlen würde? Kalt, wie von einem Toten? In dem Moment, als er sich das vorstellte, empfand er Ekel. »*Na schön, sei kein Feig-*

211

ling«, dachte er sich und nahm all seinen Mut zusammen. Er legte seine Hand ganz vorsichtig auf die seines Freundes. Sie war nicht eiskalt, aber auch nicht warm. Etwas dazwischen. Trotzdem irgendwie unecht. Ein seltsames Gefühl, denn eigentlich sollte es die Hand seines Freundes sein, aber so fühlte sie sich nicht an.

»Stephan, ich bin`s, dein Freund Vincent.« Er fing erneut an, auf ihn einzureden und ließ seine Hand auf Stephans Hand liegen. »Verflucht, jetzt wach endlich auf.« Er wurde wütend, so wütend, dass er seinem Freund am liebsten eine geknallt hätte. Es war eine verzweifelte Wut. Er hatte keine einzige Idee, wie er Stephan noch aus seiner Traumwelt lösen konnte. Mit ihm zu reden, war in seinen Augen die einzige Möglichkeit.

»Stephan!« Vincent tätschelte seine Hand. »Stephan!« Stephans Augen bewegten sich wieder ein wenig. Sie sahen in Vincents Richtung. Nein, sie schauten durch Vincent hindurch. Der Blick in seine Richtung war so leblos, wie auch Stephan leblos gewirkt hatte.

»Ich bin`s Vincent. Erkennst du mich?« Auf Stephans Stirn bildete sich eine kleine Falte. Als würde er schwer überlegen oder vielmehr versuchen, ein schweres Rätsel zu lösen. Seine Augen wurden auch etwas klarer. Vincent drückte seine Hand fester. Nicht absichtlich, sondern eher aus einer Überraschung heraus. Stephan drückte dagegen.

»Hallo Stephan, du erkennst mich wieder, nicht wahr? Doch, das tust du.« Vincent versuchte jede

Veränderung, jede Bewegung oder Zuckung seines Freundes zu erkennen. Es war nicht leicht, denn es waren nur ganz kleine Signale, die Stephan sendete. Vincent bildete sich ein, dass Stephans Mundwinkel sich etwas nach oben bewegt hatten. Als würde er lächeln wollen. Nein, das war keine Einbildung. Stephan versuchte es tatsächlich. Er versuchte, Vincent anzulächeln. Seine Augen waren klarer als vor ein paar Minuten. Lebendiger. Echter. Vincent fing an, zu weinen. Er konnte die Tränen nicht mehr zurückhalten. Der Wunsch, seinen Freund wiederzubekommen, war größer als sonst irgendetwas, das er sich bisher gewünscht hatte. Mit der anderen Hand wischte er seine Tränen ab.

»Na, wie geht`s dir, Kumpel?« Nun gingen Stephans Mundwinkel noch mehr nach oben. Er grinste und schaute Vincent direkt an. Sein restlicher Körper bewegte sich jedoch immer noch nicht. Er saß wie zuvor auf der Mauer. Die Veränderungen in Stephans Gesicht erfreuten Vincent so sehr, dass er beinahe losgeschrien hätte.

Kapitel 32

Stephans Gedanken

Schon wieder dieser Typ. Was will er denn von mir? Ich dachte, ihn wäre ich nun endlich los. Wie eine Klette. Er soll mich bloß in Ruhe lassen. Schon wieder dieses Gequatsche, welches ich nicht verstehe. Vielleicht sollte ich einfach ... Ich sollte ihn ... Dann ist er ganz weg und kommt nicht wieder. Dann hätte ich endlich meine Ruhe. Schon wieder sagt er ständig »Stephan«. Was soll das? Er ist nervig. Soll mich in Ruhe lassen. Für immer verschwinden. Warum kommt er immer näher? Was will er? Er ist unverschämt, hat seine Hand auf meine gelegt. Ich sollte ihn ... Vincent heißt er, sagt er. Ich glaube, ich kannte einen Vincent. Ist aber schon viel zu lange her. Warum schreit er denn so? Blöder Kerl! Seine Augen ... Hmmm, ich weiß es nicht. Vielleicht ist es der Vincent, den ich früher kannte? Seine Augen kommen mir bekannt vor. Habe ich schon mal gesehen. Irgendwie mag ich die. Sind so, so, ... Wie sagt man? Freundlich und warm vielleicht. Nein, das kann nicht sein. Ich möchte das nicht. Das nervt. Er soll mich in Ruhe lassen. Vincent soll mich in Ruhe lassen. Er soll meine Hand loslassen und sie nicht so anfassen. Das ist nicht in Ordnung. Ich will das nicht. Und er soll mich nicht so angucken, mit seinen Augen, die so warm und freundlich sind. Das gefällt mir nicht. Ich, ich, ... Das kann schon sein, dass ich Stephan heiße. Ich hatte es vergessen. Dieser Vincent hat recht. Mein Name ist Stephan, glaube ich. Wenn ich überlege und mich wirklich anstrenge, dann könnte es wahr sein. Ja, ich glaube, so lautet mein Name. Stephan. Aber warum hatte ich das vergessen? Wirklich unerklärlich. Dieser Vincent hört

nicht auf, redet und redet ohne Ende. Ich fühle mich etwas selt-
sam. Und was macht er jetzt? Das habe ich gespürt. Meine
Hand. Er hat sie gedrückt. Soll ich das auch machen? Oder
was will er damit bezwecken? Ich drücke auch mal. Keine Ah-
nung, wozu, aber ich mache das auch so wie er. Seine Augen,
sie glänzen plötzlich so. Das sieht nach Wasser aus. Nein, es
hieß doch anders, fällt mir nicht ein. Das kommt aus den
Augen, wenn jemand traurig ist. Wie hieß es noch mal? Ich
hab`s, Tränen! Ja, das war es. Ich sehe ihn an und er mich. Es
fühlt sich etwas vertraut an, aber ich weiß nicht, warum. Dabei
hat er mich die ganze Zeit genervt. Jetzt nicht mehr. Wieder
ändert sich etwas in seinem Gesicht. Falten. Immer mehr da-
von. Neben seinen Augen und auch neben den Lippen. Was
ist das? Das bringt mich zum Lächeln. Oh ja, das ist Lächeln.
Er freut sich. Vincent freut sich über etwas. Vielleicht, weil
auch ich seine Hand gedrückt habe? Möglich. Ich sollte mich
mehr anstrengen, ihm zuzuhören. Er will mir helfen, sagte er.
Dann versuche ich mich anzustrengen und ihm zuzuhören, was
er denn nun will. Vielleicht ist das ja okay. Er lächelt immer
noch. Das versuche ich auch. Etwas schwer, ich schaffe es.
Vincents Lachfalten um die Augen werden jetzt noch größer.
Ich kenne ihn. Dieses Lächeln, das habe ich schon oft gesehen.
Ja, das ist Vincent. Mein Freund. Mein bester Freund.

Kapitel 33

Thomas sah bereits seit zwei Stunden fern. Das Programm war außergewöhnlich spannend. Heute wurden sehr viele Actionfilme ausgestrahlt. Die sah er sich gerne an. Auch einige Horrorfilme liefen zu der späten Stunde, Thomas hatte jedoch keine Lust darauf. Er blieb lieber bei Filmen, die ihn wach hielten und nicht noch mehr ängstigten. Nach einiger Zeit, als er das Gefühl hatte, dass Vincent eingeschlafen war, erlaubte er sich, den Ton leise anzumachen. Alle paar Minuten stand er auf, um nach Vincent zu gucken. Es schien alles bestens zu sein. Vorsichtshalber hatte er alle Lampen in der Wohnung eingeschaltet. Sicher war sicher. Er wollte alles im Wohnzimmer sehen und keine dunklen Ecken anstarren müssen. Hin und wieder hörte er ein Geräusch und machte den Fernseher leise, um es zuordnen zu können. Meistens kamen die Laute, die er hörte, aus dem Treppenhaus, möglicherweise aus einer der Nachbarwohnungen. Entweder klopfte die Nachbarin Schnitzel oder der Junge nebenan spielte mit einem Pingpongball. Erleichtert machte er den Ton lauter und guckte den Film weiter. Vincent lag immer noch so, wie er eingeschlafen war. Seine Atmung war ruhig und gleichmäßig. Thomas hoffte, dass er heute Nacht nicht so lange an dem furchtbaren Ort verweilen würde. Seine Nerven lagen immer noch blank und er hatte kein Bedürfnis nach weiteren Begegnungen. Obwohl er enormes Verlangen nach noch einem Bier verspürte, trank er angewidert Wasser. Cola oder Spezi gab es in Vincents Wohnung nicht. Von alkoholhaltigen Getränken würde er viel zu müde werden und das wäre in der jetzigen Situation kontraproduktiv. In dem Moment, als er das Wasserglas in die Hand nahm, ging das Blaulicht eines Rettungswagens an, welcher auf der Straße vorbeifuhr. Thomas verschüttete das ganze Wasser über seine Hose und fluchte. Er stellte das leere Glas ab und holte aus der Küche ein Handtuch, um sich abzutrocknen. Als er in Vincents Wohnzimmer zurückkehrte, sah er sich vorsichtshalber erst mal um, bevor er sich wieder auf das Sofa setzte. »Jetzt reiß dich doch mal zusammen«, murmelte er. Der Film ging zu Ende, den Schluss hatte er verpasst. Das machte seine momentane Laune noch mieser. Er zappte durch die Programme und fand einen weiteren Film, den er sich ansehen wollte. Die Beschreibung klang interessant. Es ging um ein paar Ganoven, die vorhatten, den Safe einer Bank über einen selbst gegrabenen Tunnel zu plündern. Ach, so viel Geld, das wäre ja ein Traum, dachte er. Trotzdem würde er solche Verbrechen nie begehen, stellte er im nächsten Moment fest. Dafür war er viel zu ehrlich und zu ängstlich. Er hatte plötzlich so einen furchtbaren Durst. Das Wasser mochte er nicht mehr weitertrinken, es war absolut nicht sein Getränk. Er fand, es schmeckte nach gar nichts. Thomas rang mit sich selbst. Bier wäre jetzt genau richtig, schon alleine, um sich zu entspannen. Nachdem es hier nichts anderes, außer Wasser zu trinken gab, entschloss er sich, doch noch eine Flasche aus dem Kühlschrank zu holen. Sie war die Letzte. Er nahm schon auf dem Weg zum Sofa einen großen Schluck Bier zu sich. Das war genau das, was er jetzt gebraucht hatte. Mit zufriedener Miene machte er es sich erneut bequem und guckte den Film weiter.

Kapitel 34

»Stephan«, rief Vincent erneut. Wieder war dieses kleine Glitzern in Stephans Augen zu erkennen. »Du musst deinen Zeh bewegen, hörst du?« Es tat sich nichts. »Wenn du nach Hause willst, zu mir und Thomas, dann musst du deinen Zeh bewegen und an deine Wohnung, deine Stadt, die Uni und an uns denken. Verstehst du mich? Denke an Thomas und bewege deinen Zeh.« Stephan schaute Vincent an, als würde dieser Chinesisch sprechen. Die Falten auf seiner Stirn wurden größer und in seinen Augen konnte man ein großes Fragezeichen erkennen. Vincent versuchte es erneut.

»Bewege deinen Zeh, wenn du nach Hause, zu mir und zu Thomas, zurück möchtest, Stephan.« Stephans Augen weiteten sich. Seine Hand drückte Vincents Hand fester und die Augenbrauen hoben sich langsam. »Ja, deinen Zeh musst du bewegen. Geh wieder zurück in deinen Körper. Du musst kämpfen. Denk an dein Zuhause.« Vincent war verzweifelt und hoffte, dass Stephan ihn verstehen und das tun würde, was er sagte. Vincents Augen wurden feucht. Die Angst um Stephan war unerträglich. Tränen kullerten ihm die Wangen hinunter. In dem Moment veränderte sich die Miene seines Freundes. Stephan schien nachzudenken und machte den Eindruck, als würde er langsam verstehen, was Vincent zu ihm sagte. Einige Worte drangen zu Stephan durch, das sah Vincent an seiner Mimik.

Stephans Farbe wurde blasser. Die Kontur seiner Gestalt löste sich langsam auf und wurde durchsichtiger. In Vincents Hand verschwand die Hand seines Freundes oder das, was es hätte sein sollen. Es dauerte nur ein paar Sekunden lang, bis sich die komplette Gestalt in Luft auflöste. Vincent starrte nach wie vor auf die Stelle, an der eben noch sein Freund gesessen hatte und wurde unsicher. Es gab mehrere Möglichkeiten für das Verschwinden seines Freundes. Entweder hatte er die Nase voll und war jetzt irgendwo anders, hier in dieser Welt, wieder aufgetaucht oder er hatte es tatsächlich geschafft, seinen Zeh zu bewegen und an Zuhause zu denken. Seine Hoffnung war, dass Stephan es zurück in seinen Körper geschafft hatte. Er wollte keinen Augenblick länger hierbleiben und auch zurückkehren. Tatsächlich wollte er nie wieder in diese Welt reisen und das konnte er nur verwirklichen, wenn Stephan wieder da war, wo er hingehörte. Vincent dachte an sein Zuhause und bewegte seinen Zeh. Er verschwand aus dem dunklen Innenhof mit den grauen Pflastersteinen und der nebeligen Umgebung. Voller Hoffnung kehrte er in seinen Körper zurück und wünschte sich, dass er sehr bald aufwachen würde.

Er wurde um halbacht wach. Als er Thomas schlafend auf seinem Sofa liegen sah, sprang er sofort auf, um ihn zu wecken.

»Wach auf! Solltest du nicht auf mich aufpassen?«
Vincent war empört und zugleich erleichtert, dass

ihm nichts passiert war, obwohl er sich so lange dort in der Schattenwelt aufgehalten hatte.

»Was?« Thomas erschrak, als er aus dem Schlaf gerissen wurde.

»Du Schlafmütze!« Vincent schmiss ein kleines Kissen in seine Richtung.

»Aua.« Das Kissen hatte ihn direkt im Gesicht getroffen. Thomas hielt sich mit der Handfläche an die getroffene Stelle. »Tut mir leid.« Er wischte sich über die Augen. »Ich war plötzlich so müde. Aber es ist ja nichts passiert.«

»Dein Glück!« Vincent zog sich seinen grauen Jogginganzug an. »Sonst müsstest du alleine nach zwei Freunden suchen.« Er schmunzelte und zeigte auf die leere Bierflasche auf dem Wohnzimmertisch. »Ach ja, müde. So, so.«

»Das wäre ja schrecklich.« Thomas wollte gar nicht an so etwas denken. Er wartete kurz, bis Vincent den Reißverschluss seines Oberteils zugemacht hatte, um die Frage zu stellen, die ihm so sehr auf der Seele brannte. »Und? Warst du heute Nacht erfolgreich? Hast du Stephan gesehen?«

»Ich weiß es nicht.«

»Wie, du weißt es nicht? Hast du Stephan gefunden oder nicht?«

»Ja, habe ich.«

»Muss ich dir alles aus der Nase ziehen?«

»Nun, ich glaube, er hatte mich nach einiger Zeit erkannt, aber ich bin mir nicht sicher, ob er zurück ist.« Thomas sah Vincent fragend an. »Er verschwand plötzlich. Ich weiß aber nicht, ob er woanders hin ist oder tatsächlich in seinen Körper zurückgekehrt ist.«

»Hoffentlich hat es geklappt. Und was machen wir nun?« Thomas war aufgeregt.

»Ich mache jetzt einen Kontrollanruf und dann werden wir sehen.«

»Gute Idee«, sagte Thomas.

Vincent drückte zwei Tasten auf seinem Telefonhörer, um die eingespeicherte Nummer seines Freundes zu wählen. Es klingelte. Er ließ es zehnmal läuten und als niemand abhob, legte er wieder auf. Er hatte sich wohl getäuscht. Dieser Zombie in Stephans Wohnung würde nicht wissen, was zu tun ist, wenn das Telefon klingelte. Er schaute Thomas an. In seinen Augen spiegelte sich Verzweiflung.

»Versuchs doch noch mal. Vielleicht schläft er so fest.«

Vincent tat das, was Thomas vorgeschlagen hatte, und drückte wieder auf zwei Tasten. Es klingelte erneut. Diesmal ließ er es nach dem zehnten Mal weiter klingeln.

»Ja?«, ertönte Stephans Stimme nach dem fünfzehnten Läuten.

»Stephan!« Vincent war so überrascht, dass er in den Hörer schrie.

»Ja, anwesend.« Stephan lachte. »Aber immer noch irgendwie nicht ganz da und mein Schädel tut furchtbar weh.« Das war eindeutig Stephan.

»Wie schön, dass du wieder unter den Lebenden weilst.«

»Dank dir.« Nach einer kurzen Pause sprach er weiter. »Danke, mein Freund.«

»Gern geschehen. Es ist schön, wieder deine Stimme zu hören. Was hältst du vom Frühstück und Kaffee?«

»Die beste Idee seit langem. Ich habe so einen heftigen Hunger, wie noch nie zuvor.«

Thomas rutschte auf dem Sofa hin und her und grinste. Er freute sich, dass Stephan wieder zu Hause war und vor allem, dass er nie wieder in diese Schattenwelt reisen musste.

»Na schön. Tom und ich sind in einer halben Stunde bei dir und bringen Frühstück mit.«

»Super! Bis gleich.«

Thomas sprang direkt vom Sofa auf, als Vincent den Hörer auflegte und drückte Vincent an sich. Nachdem Vincent endlich Luft holen konnte, zogen sie sich die Schuhe an, machten sich auf den Weg zu einer Bäckerei und anschließend zu Stephan.

Kapitel 35

Zwei Wochen später war alles wieder beim Alten. Stephan, Vincent und Thomas hatten sich gegen Abend in der Lieblingskneipe *Moonwalker* getroffen. Sie alberten herum und flirteten mit den Frauen am Nachbartisch. Über das Vergangene wollten sie nicht mehr sprechen, auch wenn jeder für sich die Sache noch verarbeiten musste. Egal, ob Stephan, Vincent oder Thomas, sobald sie wieder alleine im eigenen Bett lagen, dachten sie darüber nach, was passiert war und fürchteten sich davor, erneut unbeabsichtigt aus dem Körper auszutreten. Aber momentan, hier in der Kneipe, bei der tollen Stimmung und ein paar Bier, wollten sie sich nur amüsieren.

»Die nächste Runde geht auf mich!«, schrie Stephan. Die Kneipe war so voll, dass man kaum ein Wort verstehen konnte. Stephan winkte die Kellnerin zu sich und bestellte noch drei Flaschen Bier.

Weit nach Mitternacht verließen sie die Kneipe und machten sich auf den Heimweg. Gerade zu laufen, funktionierte nicht mehr so wirklich. Sie halfen sich, indem sie sich gegenseitig abstützten. Zuerst erreichten sie das Haus, in dem Thomas zu Hause war.

»Gun Naccccht«, lallte Thomas.

Vincent drückte ihn fest an sich. »Saf gut,« antwortete er. Wieder in die senkrechte Position zu kommen, war nicht so einfach. Thomas half ihm, indem er Vincent von sich weg drückte.

Stephan ging ebenfalls einen Schritt auf Thomas zu

und legte beide Arme um ihn, ohne ein Wort zu sagen.

Als Thomas im Haus verschwunden war, torkelten Vincent und Stephan weiter und erreichten nach zwanzig Minuten Vincents Haus.

»Ssschaaaf gut«, sagte Vincent, indem er Stephan umarmte. Viel hatte nicht gefehlt, dann wären sie zusammen gestürzt.

»Du a mei Freund«, erwiderte Stephan und lächelte. Vincent holte seinen Schlüssel aus der Jackentasche und versuchte das Schlüsselloch zu treffen, was ihm erst nach ein paar Bemühungen gelang. Er ging hinein, die Tür fiel hinter ihm ins Schloss.

Stephan musste die paar Straßen nun alleine weiterlaufen. So hatten sie es schon immer gemacht. Von der Stammkneipe aus, hatte er den längsten Weg nach Hause. Manchmal nahm er sich ein Taxi, aber diesmal nicht. Es war auch nicht besonders kalt und die frische Luft tat gut.

Als er den Park erreichte, wurde ihm etwas mulmig. Er versuchte so schnell wie möglich, an den Bäumen vorbeizugehen. Seinen Blick richtete er geradeaus und beschleunigte so weit, dass sein Schritttempo beinahe in ein Laufen überging. Als er die Eingangstür seines Hauses erreicht hatte, schnaufte er laut auf. Auch er hatte etwas Probleme das Schlüsselloch zu treffen, aber nach einigen Versuchen schaffte er es dennoch. Durch den langen Spaziergang war er auch nicht mehr so sehr betrunken, wie vorhin, als sie die Kneipe verlassen hatten. Die Stufen ging er mühsam hinauf und erreichte seine Wohnung. Die Wohnungstür war schneller offen, als die Eingangstür des Hauses. Stephan tastete mit der Hand an der Wand entlang, wo sich der Lichtschalter befand, und betätigte ihn. Der Flur blieb dunkel.

»Scheiße«, fluchte er. Die Glühbirne war schon lange nicht mehr ausgewechselt worden. Ist wohl durchgebrannt, dachte er sich. Er ging vorsichtig weiter in das Wohnzimmer. In dieser Finsternis versuchte er, den Lichtschalter zu finden. Als er ihn gefunden hatte und anknipste, geschah genauso wenig wie im Flur. Die Dunkelheit umhüllte ihn nach wie vor. Er versuchte noch mal sein Glück. Der Schalter machte nur ein *Klick, Klack,* aber die Deckenleuchte blieb aus. Er fühlte sich unwohl. Deutlich spürte er die Anwesenheit von etwas Unbekanntem im Wohnzimmer. Angst beschlich ihn. Er zog ein Feuerzeug aus seiner Hosentasche. Die Flamme ging an. Kaum war sie gezündet, verspürte Stephan an seiner Hand einen leichten Windhauch, der das Feuer wieder zum Erlöschen brachte. Man konnte nur ein ganz leises *Pfffff* hören. Er machte das Feuerzeug nochmals an. Erneut pustete jemand die Flamme aus. Der kurze Moment, in dem das Feuer gebrannt hatte, reichte nicht aus, um zu sehen, wer sich noch hier im Raum befand. Beim nächsten Versuch blieb das Feuer ein bisschen länger an, bevor es wieder ausgepustet wurde. Stephan hatte diesmal etwas gesehen. Eine dunkle Gestalt. Ein Wesen aus der anderen Ebene.

Danke

Das Skript zu dem Buch »*Ort der verlorenen Seelen*« lag seit etwa acht Jahren ausgedruckt in der Schublade. Unter dem damaligen Arbeitstitel *OBE* war es absolut in Vergessenheit geraten. Zwischenzeitlich habe ich mich natürlich weiterhin der Schreiberei gewidmet. Hier eine Kurzgeschichte, da ein Gedanke, wurden zu Papier gebracht.

Die Überarbeitung von dem Skript hat ein Dreivierteljahr gedauert und wie ich feststellen musste, war es der schwierigste Part, auf dem Weg aus dem Entwurf ein fertiges Buch zu machen.

Die Geduld meiner Freundin und die Zeit, die sie mir gab und dabei auf viele Stunden der Zweisamkeit mir zuliebe verzichtet hatte, haben im positiven Sinne dazu beigetragen, dass das Skript fertiggestellt werden konnte. Deshalb möchte ich mich an erster Stelle bei meiner Freundin Sabine bedanken. Sie war die Erste, die meinen Rohling gelesen hatte und mich auf einige Rechtschreibfehler aufmerksam machte. Mit absoluter Geduld ertrug sie die Kopfhörer, damit ich durch den Fernseher nicht gestört wurde und zügig mit meinen Korrekturen voran schreiten konnte. Und ich weiß, dass sie die Kopfhörer nicht mag! Sie hatte mich auch trotz Müdigkeit, bei dem letzten Lesen vor dem Korrektorat, mit ihrer Meinung tatkräftig unterstützt. Danke, meine Pinguinin. Ich liebe dich.

An zweiter Stelle gilt der Dank meiner Mentorin Skye. Mit geduldiger Professionalität machte sie mich auf Unstimmigkeiten und Ungereimtheiten im Skript aufmerksam. Sie hat mein Skript, ich sage mal, lesbarer und fehlerfreier gemacht. Danke für die vielen Stunden, die du, trotz Zeitmangel, in die ersten Kapitel investiert hast.

Tom Jay möchte ich für das professionell gestaltete Buchcover danken. Mit Geduld hat er meine Wünsche nach und nach umgesetzt, bis ich absolut zufrieden war.

Meiner Testleserin Steffi danke ich für das schnelle Feedback und auch für die erste, intensive Korrektur in der Rechtschreibung. Schön ist es, eine alte Schulfreundin damit zu nerven. Lach.

Auch bei meiner Testleserin Anja bedanke ich mich für ihr Feedback.

Für das professionelle Korrektorat möchte ich mich außerdem bei Angela bedanken. Es hat mir sehr viel Freude gemacht, mit dir zu arbeiten. Gerne wieder.

Zu guter Letzt möchte ich mich bei den vielen Menschen bedanken, die die ganze Zeit an mich geglaubt haben. Ihr habt meine Arbeit voran getrieben, indem ihr immer wieder geäußert habt, wie sehr ihr euch auf das Buch freut. Ich danke meinen Eltern, Sabines Eltern und unseren Familien.

Schön, dass es euch alle gibt! Danke!